어쩌면 나를
돌보고 싶었는지도 몰라

어쩌면 나를 돌보고 싶었는지도 몰라

돌봄의 길에서 새로운 나를 만난 여정

초 판 1쇄 2025년 03월 26일

지은이 이수안
펴낸이 류종렬

펴낸곳 미다스북스
본부장 임종익
편집장 이다경, 김가영
디자인 임인영, 윤가희
책임진행 이예나, 김요섭, 안채원, 김은진, 장민주

등록 2001년 3월 21일 제2001-000040호
주소 서울시 마포구 양화로 133 서교타워 711호
전화 02) 322-7802~3
팩스 02) 6007-1845
블로그 http://blog.naver.com/midasbooks
전자주소 midasbooks@hanmail.net
페이스북 https://www.facebook.com/midasbooks425
인스타그램 https://www.instagram.com/midasbooks

© 이수안, 미다스북스 2025, *Printed in Korea*.

ISBN 979-11-7355-162-8 03810

값 18,000원

미다스북스는 다음세대에게 필요한 지혜와 교양을 생각합니다.

돌봄의 길에서 새로운 나를 만난 여정

어쩌면 나를
돌보고 싶었는지도 몰라

이수안 지음

미다스북스

|5장| 그럼에도 불구하고 오늘을 살아냅니다

세상의 끝에서
나를 만나다

어느 날, 내가 꿈꾸었던 평범한 일상이 단번에 깨졌다. 남편의 사고로 인해 삶은 완전히 다른 모습으로 변했다. 사고가 발생한 그 순간, 머릿속은 하얗게 변했다. 그때부터 나와 남편의 일상은 갑자기 멈춘 것 같았다. 나의 삶은 완전히 다른 방향으로 흐르게 되었다. 사고로 인해 남편은 중상에 빠졌고, 나는 그를 돌보기 위해 전념해야 했다. 병원에 들락날락하며 하루하루가 고통스러웠고, 체력적, 정신적으로 한계를 느끼는 시간이 계속되었다. 처음엔 내가 해야 할 일이 많다는 생각에 의무감으로 버텼지만, 시간이 지날수록 그 고통이 나를 짓누르기 시작했다. 나는 언제 끝날지 모를 터널 속에서 혼자 남아 있다는 생각에 깊은 외로움과 무력감을 느꼈다.

그럼에도 불구하고 시간이 지나면서 그 속에서 점차 내면의 변화를 경험하게 되었다. 남편을 돌보는 일에 온전히 집중하며 나 자신을 잃고 지내던 나는, 어느 순간 자신에게 너무 무심했음을 깨달았다. 다른 사람을 돌보는 일이 중요하지만, 자신을 돌보지 않으면 결국 그 누구도 제대로 돌볼 수 없다는 진리를 발견했다. 내 몸과 마음은 점점 지쳐가고 있었고, 나는 남편을 돌보는 일만큼 내 자신을 돌보아야 한다는 깨달음을 얻었다. 그때부터 나는 조금씩 자신을 챙기기 시작했다. 남편의 돌봄에 집중하는 가운데, 하루에 몇 분이라도 나만의 시간을 가지려고 노력했다. 여유를 찾기 위해 짧지만 혼자만의 시간을 갖거나, 책을 읽거나, 간단한 운동을 하며 내면의 균형을 맞추려 노력했다. 그렇게 나를 돌보는 시간이 조금씩 늘어나면서 나 자신을 더 깊이 이해하고 사랑하는 법을 배우게 되었다. 그 여정을 통해 내면의 치유가 조금씩 이루어졌고, 그 시간이 내가 남편을 돌보는 데 더 큰 힘이 되었다는 사실을 느꼈다.

　내 몸과 마음을 돌보는 것이 바로 남편을 더 잘 돌보는 길이었음을 알게 되었다. 돌봄의 본질은 나 자신을 사랑하는 데서 시작된다. 내가 나를 아끼지 않으면 결국 내가 하는 돌봄도 진정한 의미를 가질 수 없다는 생각이 들었다.

책을 쓰게 된 이유는, 삶이 주는 힘듦 속에서 나를 만날 수 있는 귀한 여정을 함께 나누고 싶었다. 비슷한 상황에 처한 사람들에게 위로가 되고 그들이 자신을 돌보며 치유할 수 있는 작은 실마리를 주고 싶다. 나 역시 이 과정을 겪으며 점차 치유의 길을 걸어왔고, 그 과정에서 느꼈던 감정들과 깨달음이 많은 사람들에게 도움이 될 수 있기를 바란다. 우리가 겪는 고통과 어려움 속에서 한 걸음씩 나아갈 수 있는 힘을 찾을 수 있다. 그것은 단순히 시간이 해결해 주는 것이 아니라 우리가 내면의 상처와 마주하고 치유하려는 노력에서 비롯된다는 것을 알게 되었다.

이 책은 단순히 나의 이야기만을 담은 것이 아니다. 그것은 우리가 겪는 아픔과 고통 속에서 내면의 치유를 찾고 나 자신을 다시 돌보며 성장할 수 있다는 메시지를 전하고자 하는 것이다. 우리는 혼자가 아니라는 것을, 그리고 우리가 겪는 고통 속에서도 희망을 찾을 수 있다는 것을 함께 이야기하고 싶다. 나와 같은 입장의 독자들이 이 책을 통해 조금이나마 위로를 얻고 자신을 돌보며 치유할 수 있는 방법을 찾을 수 있기를 진심으로 바란다.

사랑하는 사람을 돌보는 일이 얼마나 소중한 일인지를 알지만 그보다 더 중요한 것은 자신을 돌보는 일이라는 사실을 잊지 말았으면 한다. 내가 나를 아끼고 사랑하는 만큼 더 좋은 사람으로 성장할 수 있고 주변의 사람들에게도 더 큰 힘이 되어줄 수 있다는 것을 느꼈다. 이 책을 통해 여러분이 자신을 더 사랑하고 더 잘 돌보는 길을 찾기를 진심으로 바란다.

1장

보호자는
처음이라

1

비보는
소리 없이 온다

평소와 다를 거 없는 하루의 시작이었다. 피곤한 몸으로 출근하는 남편이지만 늘 따뜻한 목소리로 나를 안아주고 집을 나섰다. 저녁엔 친정 식구들과 한여름 건강을 챙기기 위해 보양식을 먹기로 약속되어 있던 날이기도 했다. 다른 점이 있었다면 남편이 그날따라 평소 신지 않던 신발을 신고 나섰다는 것이다.

"이 신발 빨리 신고 버려야겠다."
"편한 거 신고 가."

남편이 신발을 신고 버린다는 말에 나는 불편해 보여 편한 걸로 바꿔가라고 대꾸했다. 남편은 대수롭지 않게 많이 걸을 일이 없다며 그 신발을 신고 나섰다. 하지만 이 신발이 뉴스에서 남편의 모습으로 확인하게 될 지표가 될 줄 꿈에도 몰랐다. 그렇게 비보는 소리 없이 오고 있었다.

　　오후를 향해 가던 시각. 나는 곧 세례식을 앞둔 성당 예비 신자라 교리 수업을 하고 있었다. 집으로 가려던 순간 형님에게서 전화가 왔다. 메시지가 아닌 전화가? 그때부터의 불길한 예감이 들었다. "올케 빨리 대학 병원으로 와야겠어." 남편이 많이 다쳐 응급실로 갔다는 전화였다. 대학 병원의 기록에는 형님이 남편의 보호자로 등록되어 있었다. 그 이름을 보고, 내가 아닌 형님에게 연락이 간 것이었다. 성당 사람들에게 인사도 제대로 못한 채 도망가듯 성당을 뛰어나왔다. 손발이 떨려 어떻게 운전을 한지는 기억이 나지 않는다. "여보 제발."이라는 말을 반복하며 응급실에 도착했다.

　　코로나가 심하던 시절이었다. 뜨거운 햇빛을 그대로 받으며 뛰어갔다. 응급실 입구에서 간호사에게 체온을 재라는 차가운 말을 들었다. 체온을 재니 39.5℃라는 어이없는 숫자가 나왔다. 당연히 응급실엔 들어갈 수 없었다. 들어가게 해달라고 소리치니 PCR 검사를 하고 오라는 간호사의 안내가 있었다. 뒤이어 "환자분 지금 많이 안 좋으니 진정하세요."라는 말에 아무 말도 못하고 그대로 얼어버렸다. 그때부터 하염없는 기다림이 시작되었다.

다행히 응급실에 먼저 오신 형님이 보호자로 들어가 계셨다. 메시지로 환자의 상태와 응급실 상황에 대해 연락을 주고받으며 기다렸다. 응급실에 같이 온 회사 동료가 사고의 정황을 말해주는데 귀에 하나도 들어오지 않았다. 그때부터였던 것 같다. 가족들의 전화가 여기저기서 오기 시작했다. 사고의 소식이 전국 뉴스로 나가게 되었던 것이다. 아빠도 남편에게 전화가 되지 않는다며 연락이 오셨다.

"김 서방한테 전화를 했는데 받지 않아. 너 연락해 봤니?"
다급한 목소리로 말씀하셨다.
전화가 오기 전 나는 아빠가 걱정하실까 봐 거짓말을 하려고 했다. 하지만 이미 사고 소식을 뉴스로 듣고 연락을 하신 것이었다.
"지금 뉴스에서 김 서방 근무지에서 사고가 났다고 해서 전화를 했는데 받지를 않아."라고 하셨다.

"저는 지금 병원에 와 있어요. 아직 환자 상태를 몰라서 확인하면 연락드릴게요. 걱정하지 마세요."

담담하게 말했다. 놀란 나의 마음을 진정시킬 틈도 없이 어른들의 놀람부터 진정시켜야겠다는 생각이 들었다. 문제는 시어머니께 연락을 드려야 하는 것이었다. 형님이랑 이야기하면서 환자의 상태를 확인하고 연락을 드리자는 결론을 내렸다. 하지만 환자의 상태는 쉽게 파악할 수가 없는 상태였고, 사고 발생 5시간 만에 시어머니께 연락을 드렸다. 병원으로 늦게 오신 어머니를 마주하는 일도 세상이 무너지는 기분이었다.

환자를 직접 보지 않는 이상 절대로 진정될 수가 없는 상황이었다. 병원 밖에서 9시간을 기다린 후 나는 응급실에서 남편을 마주할 수 있었다. 기다림이 이어지는 동안 사고의 정황을 듣게 되었다. 남편이 책임자였던 업무 현장에서 저류조 청소를 하러 들어간 직원들이 유해가스가 있는지 모르고 작업을 시작하게 되었다고 한다. 그러던 중 직원이 쓰러진 것이다. 이를 알고 가장 가까이에서 진행 확인을 하러 다니던 남편이 쓰러진 사람을 구하러 제일 먼저 들어갔다고 했다. 안타깝게도 남편이 구하려고 했던 분은 고인이 되셨고, 남편과 나머지 두 명의 직원들이 병원으로 이송되어 왔던 것이다. 그 중에서도 유해가스에 노출 상황이 가장 길었던 남편은 의식을 회복하지 못하고 있는 상태였다. 체구에 비해 좁아 보이는 침대에 누워 있었다. 오히려 남편을 보니 눈물이 나지 않았다. 남편이 살아 있다는 사실을 내 눈으로 확인했기 때문이다.

정신을 차리고 다가가니 온몸과 얼굴이 시커멓게 그을린 사람처럼 이물질이 묻어 있었다. 닦으려고 몸을 만지려는 찰나 응급실 간호사가 다급하게 말했다. "환자분 만지지 마세요." 노출된 가스가 아직 환자 몸에 있을 수도 있기에 만지지 말라는 것이었다. 남편을 만지지도 못한 채 "여보 나 왔어. 눈 좀 떠봐." 말만 반복하며 그렇게 기다림은 또 시작되었다. 그날 밤 응급실은 나의 눈물과 다른 환자 보호자들의 애타는 슬픔이 뒤섞인 채 아침이 밝았다.

새벽이 되어 남편을 만질 수 있게 되었다. 내가 가지고 있던 물수건으로 깨끗하게 남편의 몸과 얼굴을 닦아주니 비로소 사고 날 아침에 배웅한 말끔한 모습을 되찾을 수 있었다.

그 모습에 나도 한숨을 돌렸다.

　그러고 나서 너무나 궁금했다. 남편이 왜 거기에 사람을 구하러 들어갔는지…. 남편은 평소 회사에서 안전사고 교육을 철저히 한다고 알려주던 사람이다. 목공이 취미였던 남편은 방독 마스크를 하고 대패질을 할 정도로 철저한 사람이었다. '그런 사람이 왜?'라는 의구심을 떨쳐 버릴 수 없었다. 떨리는 마음으로 인터넷 기사를 확인하게 되었다. 하지만 왜 들어갔는지에 대해서는 글을 읽을 틈도 없이 사진 한 장을 보고 나는 온 몸이 정지된 채 굳어버렸다. 인터넷 기사와 뉴스에 나온 사진 속 얼굴이 모자이크된 채 구조되는 사람은 다름 아닌 남편이었기 때문이다. 평소 신지 않던 그 신발이 내 눈에 들어왔다. 남편의 소지품과 그 신발을 받은 순간, 눈물이 터져 오열했다. '남편이 그 신발을 신지 않았다면 사고는 나지 않았을까?' 괜히 신발 탓을 하며 지금 내가 마주한 비극적인 현실을 회피하고 싶은 마음뿐이었다.

　소리 없이 비보가 올 수 있다. 아니, 어쩌면 더 큰 비보가 기다리고 있을지도 모른다. 내가 그랬던 것처럼. 하지만 그것을 우리의 힘으로 막을 수 있을까? 뉴스에서 마주하는 큰 사건·사고의 주인공이 남편과 내가 될 줄은 몰랐다. 하지만 이제는 조금 알 것 같다. 삶에서 일어나는 일들을 내 힘으로 막을 수는 없지만 그 일이 나에게 주는 의미는 분명 있을 거라는 것을.

어른도 기저귀가
필요하나요?

나는 어린 아이도 모셔야 할 어른도 없다. 결혼한 지 2년도 채 안된 새댁이었다. 임신을 안했으니, 키워야 할 아이는 없었다. 양가 어른들도 아직 건강했기 때문에 모셔야 할 어른도 없었다. 그런 나에게 어느 날 성인용 기저귀를 사오라는 전화가 온다. 그 기저귀를 해야 할 사람은 다른 아님 나의 남편이란다. 내가 지금 꿈을 꾸는 걸까?

사고가 나던 날, 응급실 밖에서 9시간의 기다림 속에 수십 통의 전화를 받았다. 그중 내 몸과 마음을 가장 힘들게 했던 전화가 있었다. 바로 병원에서 걸려온 전화였다. 내가 가장 궁금했던 것은 남편의 상태였다. 그런 남편의 상태는 알려주지 않으면서 대뜸 성인용 기저귀를 사오라고? 황당했다. 왜 남편이 기저귀를 해야 하는지 알려달라고 소리치고 싶었는데 그럴 용기는 없었다. 더위를 뚫으며 눈물을 머금고 마트로 향했다. 기저귀 코너에는 내가 까막눈인가 싶을 정도로 알 수 없는 단어들이 늘어져 있었다. 도대체 남편에게 어떤 기저귀를 사다줘야 하나 한참을 들여다보았다. '요실금', '백세시대 성인용 기저귀' 이게 다 뭐람? 어디에 해당되는 걸 골라야 하나 혼란스럽기 시작했다. 소변 때문에 하는 기저귀인지, 대변 때문에 하는 기저귀인지 몰랐기 때문이다. 그리고 단순히 어른용이 아닌 어르신을 위한 기저귀들뿐이었다. 쏟아져 나오는 눈물을 참으며 기저귀를 고르고 있는 내가 낯설었다. 이 눈물의 의미는 무엇일까? 마주하기가 두려워 정신을 차려본다. 빨리 사다 달라는 간호사의 말이 귓가에 맴돌았다. 한참을 보다가 '남성용', '대형'이라는 단어를 보고 골랐다. 그것도 가장 적은 수량으로 말이다.

'오늘만 사용할 거니까….'

하지만 사고 당일만 사용할 줄 알았던 기저귀는 사고가 난 2년이 지난 지금까지도 사용하고 있게 될 줄 꿈에서도 상상

해본 적이 없었다.

사고가 난 지 한 달이 되던 즈음, 아침 일찍 나를 찾는 전화 한 통이 걸려 왔다. 남편이 일반병실로 옮겨진다는 소식이었다. 기쁨의 눈물을 닦으며 흥분된 목소리로 의사와 통화를 했다.

"보호자 분, 지금 일반병실로 옮기는 데 동의하십니까?"
"정말요? 당연히 동의하죠."
"상주 보호자 한 분이 계셔야 하니 지금 빨리 병원으로 오세요."

옷이랑 간단한 세면도구만 챙겨 남편을 볼 수 있다는 마음만 앞서 병원으로 달려갔다. 응급실에서 중환자실로 그리고 중환자실에서 몇 번의 면회 후 제대로 만난 남편의 모습은 처참했다. 머리에는 욕창이 생겨 전쟁터 부상자처럼 붕대를 감고 있었다. 누운 상태에서 이발을 하여 제대로 정리되지 않은 머리카락은 엉켜 있었다. 한쪽 팔엔 대여섯 개는 넘어 보이는 주삿바늘이 꽂혀 있었으며 눈은 반도 못 뜬 채 초점 없이 허공을 바라보고 있었다.

'저 사람이 내 남편이라고?'
'그래, 환자니까 그럴 수 있어.'

하지만 한 가지 모습만큼은 받아들일 수가 없었다. 183cm, 75kg의 체구인 남편이 와상환자가 되어 기저귀를 한 채 누워 있는 모습이었다. 당장 그 기저귀는 보호자로 들어온 내가 교체해 주어야 하는 상황이다. 중환자실에서 받은 물품들이 병실에 옮겨져 있었는데 그 중에서 기저귀가 모든 면에서 가장 존재감이 크게 느껴졌다. 간호사는 도움이 필요하면 불러달라는 말과 함께 물품을 남기고 병실에서 사라졌다. 남편과 둘만 있을 설레는 상상만 했었는데 현실은 기저귀를 보는 순간 눈물부터 났다.

손으로 대충 눈물을 닦고 기저귀부터 확인했다. 교체를 해야 할 상태였다. 혼자서 해보겠다고 두 팔을 걷었다. 오래전 할머니의 기저귀를 교체해 준 기억을 더듬어 교체해야 할 기저귀를 빼내자 싶었다. 그것부터 큰 산이었다. 중력의 힘과

체중 전체의 힘으로 미동 없이 누워 있는 남편의 무게는 상당했다. 두 손으로 엉덩이를 들어올리기는 하였으나 기저귀를 빼낼 수가 없었다. 내 손이 네 개도 아니고 혼자서는 도저히 감당할 수 없는 일이었다. 간호사를 부르고 싶었지만 낯선 누군가와 함께 남편의 기저귀를 가는 상황을 마주할 자신이 없었다. 잠시 그 생각에 잠겨 있는 틈에 정적을 깨는 소리가 들렸다. 병실 문은 열렸고, 다른 일로 간호사가 들어왔다. 상황을 보더니,

"이걸 혼자 하려고 했어요? 우리 부르라니까."
하며 다른 간호사를 불렀다.

두 분의 간호사가 들어오시더니 손발을 척척 맞춰 설명을 해주시며 기저귀를 갈아주셨다. 그 상황을 보고 있자니 눈물밖에 나오지 않아 뒤에 서서 바보같이 울고 있었다. 기저귀를 다 갈아주시고 울고 있는 나를 보던 한 간호사가 말했다.

"왜 우는 거예요. 울지 마세요. 진짜, 속상하게."

병원에서는 남편의 사고 상황에 대해서 알고 계셨던 것이다. 그런 내가 안쓰러우셨는지 속상한 마음에 툭 건넨 한 마디가 위로가 되었다. 간호사들이 나가고 나서 남편에게 다가갔다. 남편을 만나면 하고 싶은 말들이 많았지만 막상 보니 아무 말도 할 수가 없었다. 그냥 이렇게 내 옆에 있다는 사실만으로도 감사했다. 그렇게 꺼낸 한 마디는

"여보." 그리고 흐르는 눈물뿐이었다.

그날 밤, 나는 사고가 나던 그날 하루보다 더 많이 울었다.
아마도 기저귀가 필요한 남편의 모습을 제대로 마주한 나는 직감적으로 알았던 것 같다.
내가 흘릴 눈물이 아직도 더 많이 남았다는 것을.
남편의 건강 상태는 나의 바람과는 다르게 훨씬 좋지 않고, 우린 지금도 그 시간을 견뎌내고 있다. 잊지 못할 일반 병실에서의 첫날밤은 그렇게 흘러가고 있었다.

너의 완벽한 보호자

    남편이 일반병실에 온 뒤로 돌봄은 오로지 보호자의 몫이
었다. 몇 벌의 옷과 세면도구만 챙겨서 달려온 병원이었다.
아무 생각 없이 몸만 달려온 것이다. 암 투병을 했던 엄마를
돌보는 일과는 또 달랐다. 나의 직업은 특수교사이다. 10년
가까이 교사 생활을 하며 몸과 마음이 아픈 아이들을 돌보며
교육하는 일과는 차원이 다른 일상들이 나를 기다리고 있었
다. 더군다나 와상환자의 돌봄에 대한 교육은 받은 적이 없
었다. 그야말로 '맨땅에 헤딩'이다.

    내가 대면한 남편의 상태는 와상환자, 욕창, 기관지 절개
술(목관), 엘 튜브(콧줄). 소변줄, 기저귀, 링거를 하고 있
다. 와상환자는 몸을 스스로 움직일 수 없어 누워서 생활해

야 하는 사람을 말한다. 침대에 누워 있기에 기본적으로 먹거나 의료적 행위를 할 때에는 앉혀야 한다. 침대를 세우는 일과 침대 밑으로 내려간 환자를 위로 끌어올리는 일이 일상이다. 또한 와상환자의 기본은 체위 변경이다. 한 자세로 계속 누워 있으면 그 신체 부위에 압박이 가해지는데 주로 뼈의 돌출부에 가해짐으로써 혈액순환이 잘 안되어 조직이 죽어 발생한 궤양, 즉 욕창이 생기게 된다. 남편은 중환자실에서는 머리에 욕창이 생겨서 나왔다. 일반병실에 와서는 엉덩이에 11cm의 욕창이 생겼다. 이로 인해 침대에서 2시간마다 환자의 체위 변경은 물론 의료 행위나 식사를 하기 위해 침대에 앉히는 일도 보호자의 몫이었다.

기관지 절개술은 호흡이 어려운 환자에게 응급으로 시행된다. 중환자실에서 남편은 자가 호흡이 어려웠고 보호자의 동의를 얻어 기관지 절개술을 했다. 목관을 뚫어 호흡을 도와주는 것이다. 이로 인해 목관에서 생기는 가래나 타액, 기타 분비물 제거를 위해 수시로 석션을 해주어야 한다. 대학병원에서는 간호사가 하지만 재활병원에서는 필요하면 보호자가 해야 한다. 엘 튜브는 콧줄이라고도 하며 코를 통해 위까지 통하는 관이다. 스스로 식사를 하지 못하는 상태이므로 콧줄을 통해서 경관식을 넣어주어야 한다. 경관식이란 묽은 음식을 소화기관으로 바로 흘려보내는 식사 방법을 말한다. 식사 행위 역시 대학병원에서는 간호사가 해주었지만, 재활병원에서는 보호자의 몫이다.

소변줄이나 기저귀는 와상환자이기에 기본적으로 해야 하는 상태이다. 스스로 배변의 의사표현을 할 수가 없으니 소변은 소변줄로 배출해야 하고 대변은 기저귀에 할 수밖에 없다. 소변줄로 나온 소변은 수시로 비워야 했고, 기저귀 또한 위생을 위해 자주 교체해 주어야 하는 상황이다. 또한 온갖 약물을 투여하여 환자의 상태를 호전시켜야 하니 링거 줄 5~6개는 기본이었다. 뿐만 아니라 병원 생활에서는 가장 중요한 것이 환자의 청결과 위생 관리이다. 씻기고 닦이는 몫역시 보호자가 해야 한다. 그렇다. 이 모든 것들을 보호자가 하나부터 열까지 다 신경 써야 한다. 뿐만 아니라 무의식환자였던 남편의 눈 깜빡임과 움직임 하나에도 신경을 곤두세우며 관찰해야 했다.

배운 적도 경험한 적도 없는 모든 것들을 내가 오롯이 감당해야 하는 사실도 인지하지 못한 채 보호자의 생활이 시작되었다. 대학병원의 일과는 새벽 5시부터 시작된다. 일단 보호자가 평소처럼 몇 시간을 연속으로 잔다는 일은 있을 수가 없다. 24시간 목관에서 끓는 가래를 빼주어야 하니 수시로 간호사를 불러야 했다. 석션을 하면서 가래를 빼주고 간호사가 문을 닫고 나가기가 무섭게 다시 끓는 가래 소리로 마음을 졸이며 간호사를 불러야만 한다. 석션은 호흡, 즉 생명과 직결되는 것이라 보호자는 아주 민감하게 반응하지 않으면 위험하기 때문이다. 밤새 수시로 석션을 하고 2시간마다 체위 변경을 하면 5시가 된다.

간호사가 병동을 돌며 밤새 환자 상태를 체크하면 하루가 시작되는 것임. 나는 남편의 수면 상태를 체크하고 밤새 채워진 소변 주머니를 비운다. 이후 식사 준비를 위해 간호사의 도움을 받아 밤새 체위 변경으로 침대 밑까지 내려간 환자를 침대 위로 올려 바르게 앉힌다. 남편의 식사가 시작되면 나는 간단히 씻고 재활 시간을 함께하기 위해 준비를 한다. 남편의 식사는 경관식이기에 먹고 바로 누울 수 없다.

침대를 세우고 최소 30분 이상을 앉아 있어야 구토 방지와 소화를 도울 수 있다. 30분 동안 면도와 세수 그리고 양치질까지 마친다. 그렇게 아침 일과를 마무리하면 간호사들의 도움을 받아 휠체어를 타고 재활실로 내려간다. 재활하는 내내 이동과 움직임의 보호는 오로지 보호자인 나의 역할이다. 주렁주렁 달려 있는 링거 줄을 꼬이지 않게 잘 살펴야 한다. 목관에서 수시로 나오는 가래를 닦아내야 하니 그림자처럼 붙어 있어야 한다. 재활 시간을 마치면 그때부터 손, 발, 얼굴, 몸을 닦이고 남편이 저녁 식사를 하면 나도 그제서야 식사를 하게 된다. 이른 저녁 식사를 하는 병원의 일정은 남편의 체격에 맞춘 식사량이 부족하여 야식까지 먹었다. 그렇게 하루 네 끼 경관식의 식사를 마무리하고 소화를 시키면 밤 10시가 넘는다. 8시 반만 되면 병실은 소등이 되는데 남편의 자리만이 불이 켜지게 된다. 이때부터 나는 남편 옆을 밤새 졸다가 자다 깨다를 반복하며 지킨다.

지금은 눈 감고도 할 수 있을 것 같은 이 모든 행위들이 처음에 무섭고 두려웠다. 환자가 불편해할 수도 있겠다는 생각과 동시에 내가 잘못해서 환자를 아프게 하면 어쩌나 하고 모든 게 다 조심스러웠다. 늘 긴장의 연속이었지만, 시간이 지날수록 경험치가 쌓이니 능숙해졌다. 누가 육아는 장비 빨이라고 했던가? 간병과 돌봄 역시도 장비 빨이었다. 병원 생활 특성상 위생과 청결에 도움이 되는 것이라면 무엇이든 사용해야 했다. 그 덕분인지 병원에서 감염될 수 있는 수많은 병원균에 남편은 단 한 번도 노출된 적이 없다. 감염이 심했던 코로나를 제외하고 감기도 걸리지 않았다. 대학병원에서 생겼던 욕창은 재활병원으로 와서 병원과 보호자의 노력으로 완치가 되었다. 욕창으로 인해 성형외과 진료에서 "이제 더 이상 안 오셔도 됩니다."라는 말을 들었을 때 너무 기뻐서 눈물이 날 뻔했다. 아직도 예방 차원에서 체위 변경과 드레싱을 해주어야 하지만 남편이 욕창으로 인해 느끼는 고통이 없어졌음에 감사하다.

돌봄에 대한 아무 정보도 없이 주위 사람들에게 배우고, 궁금한 것들은 스스로 찾으며 경험했다. 그렇게 하나씩 용기를 내어 하다 보니 세상에 못 할 것이 없다는 생각이 들었다. 단순히 환자를 돌보는 스킬이 늘어서가 아니다. 돌봄을 하면서 경험하지 못한 것들에 대한 두려움을 극복하는 일, 보호자가 움직이지 않으면 아무 것도 할 수 없는 환자를 몸으로 다루는 일, 건강했던 남편을 와상환자로 돌보아야 하는 현실을 마주하며 무너져가는 마음을 다독이는 일. 하나를 감당하기에도 힘들어 보이는 모든 상황이 내 앞에 펼쳐지고 있는 사실을 한 걸음씩 만나고 받아들이면서 그렇게 남편의 보호자가 되어갔다.

결혼 생활에
정답은 없다지만

　서른여덟, 늦은 나이에 남편과 나는 연애를 시작했다. 자만추라는 말이 있다. 자연스러운 만남을 추구한다는 것. 우리의 만남은 자연스러웠다. 서로 다른 시기에 독서 모임에 가입했다. 자주 나오진 않았지만 다른 사람들과 함께한 등산 이후로 연애를 시작하게 된 것이다. 결혼을 생각하고 만날 나이였지만 우리는 나이에 쫓겨 결혼을 숙제처럼 하고 싶진 않다는 것에 공통된 의견이었다. 그렇게 만남을 거듭할수록 우린 결혼을 생각하게 되었다. 남편과 나는 함께하는 취미도 비슷하다는 것이다. 가장 중요했던 건 언제 어디서나 대화가 잘 통한다는 것이었다. 개그 코드도 비슷했지만 상황이 생길 때마다 대화를 통해서 해결했기에 다툼이 없었다. 대화를 하다 보면 몇 시간이 그냥 흘러 밤을 새운 적도 있음을. 서로의 이야기에 가장 귀 기울여주는 존중과 배려. 사랑이라는 감정이 생기기엔 충분한 조건이었다. 그렇게 만남에서 결혼까지 1년이 걸리지 않았다. 짧은 연애였지만 결혼을 준비하면서도 모든 것들이 순조로웠다.

연애 중 남편에게 고민을 말한 적이 있었다.

"나 시험공부해야 해서 자주 못 만날 것 같아." 내가 말했다.
"공부? 그건 결혼해서 해도 되잖아." 남편의 대답이었다.

그렇게 우리의 결혼 얘기가 시작되었다. 당시 나는 결혼을 하지 않아도 괜찮을 것 같다는 소신이 있었다. 혼자 있어도 공부를 하기가 힘든데 결혼 생활과 시험공부를 함께하기란 불가능할 것 같아 생각해 본 적 없다.

하지만 남편은 다른 생각이었다.

"내가 도와 줄 테니 하고 싶은 거 해." 태어나서 처음 들어본 말이었다.

내가 하고 싶은 것에 대한 지지를 받는 다는 것. 공수표라도 나에겐 힘이 되는 말이었다.

그렇게 결혼 준비에 속도를 내며 우린 결혼식을 올렸다.

결혼 생활 역시 연애 생활과 별반 다른 것이 없었다. 함께 그리는 결혼 생활에 특별함보다 자연스러움을 녹여내려고 했기에. 연애하듯 각자의 자리에서 일도 하고 소소한 일상들을 만들었다. 서로의 가족들이 우리의 삶에 스며들어왔지만 그것을 받아들이려고 노력했다. 북적북적한 친정 식구들과의 잦은 만남에도 싫은 내색 한 번 없었다. 맛있는 음식도 먹고 즐거운 분위기를 끌어주는 남편이 고마웠다. 무뚝뚝한 아빠가 사위 자랑을 하고 다닐 만큼 우리 집에 잘하던 남편이었다. 남편 덕분에 나도 시댁에 잘하고 싶은 마음이 저절로 생겼다. 애교 많은 며느리는 아니지만 새로운 가족들과 함께 식사 자리를 만들어 자주 만났다. 이 모든 것들은 남편이 있었기에 가능했다. 하지만 그 생활은 길지 않았음을 알았다면 우린 더 행복하게 보낼 수 있었을까?

1년 6개월. 함께한 결혼 생활이 한순간의 사고로 전혀 다른 시간들이 펼쳐졌다. 아무리 결혼 생활에 정답은 없다지만, 지금의 생활은 내가 그리던 모습과는 거리가 멀다. 현재는 남편과 함께했던 그 시간보다 더 길어진 돌봄의 시간이 지나고 있다. 이것 또한 결혼 생활이라고 할 수 있을까? 우울한 마음들이 밀려올 때면 풀리지 않는 실타래 같은 질문들이 쏟아지곤 한다. 그중 하나였다. 분명 남편은 내 옆에 있다. 하지만 우린 예전 같은 일상을 함께하진 못한다. 지금 나의 삶은 오롯이 남편을 돌보는 일에 초점을 두고 있는 삶이다. 남편은 자신의 몸 상태를 인식하지 못한 채 병원에서 재활에 집중하며 하루하루를 이어가고 있다. 그런 우리의 시간을 어떻게 정의할 수 있을까? 사고 이후부터 지금까지의 시간을 부정하고 싶지는 않다. 다만, 둘이 함께 시작한 결혼 생활이었다. 사고 후 병원 안과 밖에서 나 혼자 남편을 돌보아야 하는 모든 시간들에 대한 회의감이다. 내가 원하던 생활이 아니라고 해서 누구를 원망하고 탓할 수 있을까? 하는 생각이 든다.

'삶에는 정답이 없다.'라는 법정 스님의 유명할 말씀이 있다. 삶에서의 어떤 결정이라도 심지어 참으로 잘한 결정이나

너무 잘못된 결정일지라도 정답이 될 수 있고, 오답이 될 수
있다 하셨다. 다른 말로 모두가 정답이 될 수도 있고 모두가
오답의 가능성도 가지고 있다는 것이다. 삶에서 정답과 오답
을 나누는 분별이 괴로움을 몰고 온다고 하는 것이다. 그냥
다 받아들이면 그대로 정답인 것을.

　이 글귀를 보면서 생각해 본다. 지금은 내가 그리던 결혼
생활의 모습과 현재는 다르다. 그 다름을 분별하는 것이 지
금 불행하다며 슬픔을 반복해서 만들어내고 있는 것이다. 생
각의 고리를 여기서 끊어본다. 법정스님의 말씀처럼 지금 상
황을 잘 받아들이면 그대로 정답이 될 수 있지 않을까?

잠 못 이루는
2인실 신혼방

　대학병원에서의 3개월의 시간을 보낸 후 남편은 의식 회
복과 집중적인 재활 치료를 위해 재활병원으로 옮겨야 했다.
더 위중한 환자들을 받아야 하는 대학병원에서 쫓겨나듯 퇴
원을 했다. 하지만 2차 병원에서 남편을 받아주는 곳은 없었
다. 앞으로 얼마나 긴 재활을 받아야 할지도 모르는 상황에
서 막막했다. 환자에게 생길 수 있는 위급한 상황보다 재활
을 가기 위한 방법이 가장 막막했다. 병실에서 재활실까지
휠체어를 이용해야 한다. 이동 시 도와주는 대학병원 같은
인력을 제공하는 곳은 2차 병원에는 없었다. 보호자가 직접
발품을 팔아야만 했다. 그중 몇 곳에 상담을 가게 되었다. 병
원 상담을 받고 돌아오는 길에 너무 서러워서 눈물이 났다.
와상환자인 남편의 이동을 네 명이 도와주어도 힘든데 2차

병원에서는 보호자 혼자 감당해야 한다고 했다. 도와줄 수 있는 인력이 제공되지 않다는 이유에서였다.

또한 보호자가 직접 간병할 수 있는 병원도 많지 않았다. 당시 남편은 전문 간병인에서 맡길 수 없는 상태였다. 의식의 회복을 위해 절대적으로 가족 간병이 필요했다. 또 다른 이유는 남편의 상태를 감당할 전문 간병인을 구할 수가 없었기 때문이다. 그렇다면 누워만 있을 수밖에 없는 와상환자는 어디로 가야 한다는 말인가? 선택의 여지가 없었지만 천만다행히 한 군데에서 희망을 찾을 수 있었다. 지금 재활을 하고 있는 재활병원에서는 와상환자의 이동을 도와줄 수 있는 리프트가 있던 것이다. 다행히 남편을 받아준다고 해서 고민할 여지 없이 오게 된 것이다. 새로 생긴 병원이라 시설도 깨끗했다. 대학병원과는 비교할 수 없이 환자도 보호자도 지낼 수 있는 생활환경이 개선되었다.

남편은 공무원 신분이고 업무 중 사고가 나서 공무상 재해로 입원을 하게 되었다. 불행 중 다행은 치료비와 병실비 등 나라에서 일부 지원이 되는 부분이 있다. 그로 인해 2차 병원에서 우리는 2인실에 상주하게 된 것이다. 대학병원에서는 6인실을 사용했기에 환자의 환경뿐만 아니라 보호자 역시 한명 겨우 누울 수 있는 공간에서 생활해야 했다. 인간은 적응의 동물이라 했던가? 한 명의 보호자가 누울 수 있는 공간은 옆으로 누우면 에어컨과 몸이 하나가 되어야 한다. 환자 역시도 침대 하나만의 유일한 공간이다. 그러한 환경 속에서도 남편과 나는 잘 버텨냈다. 어쩔 수 없는 환경이었다 하더라도 24시간을 잠을 못자고 환자를 돌보아야 하는 보호자로선 감내해야 할 부분들이 너무 많았다. 새로운 환경으로의 변화가 낯설었지만 감사하게도 남편은 잘 적응해주었다. 그렇게 신혼부부인 남편과 나는 현재 재활병원의 2인실에 신혼방을 차렸다.

결혼 후 지냈던 신혼집에서보다 더 긴 시간의 결혼 생활이 시작된 것이다. 남편에게 필요했던 노트북과 취미생활이었던 목공 용품들 대신한 기저귀와 드레싱 용품들이 채워졌다. 병실을 정리하고 청소 할 때면 남편의 것이라고 보기엔 다소 낯선 물건들을 보며 눈물을 훔치기도 했다. 그럼에도 청소와 위생을 게을리 할 수 없었다. 이곳이 우리 부부의 새로운 신혼집이 되어가고 있었기 때문이다. 신혼집만큼 평온할 수는 없을지라도 남편이 편안하게 지냈으면 하는 바람과 건강 회복을 돕고 싶은 마음뿐이었다. 그 마음을 가장 우선순위에 두고 따스함을 만들어내고 싶었다. 병실 신혼방에서의 생활도 벌써 2년이 지나고 있다.

병동의 하루는 이른 저녁 식사 후 마무리된다. 병실마다 불이 꺼지면 환자와 보호자들도 잠자리에 들면서 긴 밤이 시작된다. 하지만 2인실의 신혼방은 작은 불을 켜놓아야 한다. 환자는 잠들지만 보호자인 나는 쉽게 잠들지 못한다. 환자를 눕히고 나면 그때부터 또 다른 시간이 나에겐 주어진다. 욕창 치료를 위한 체위 변경을 2시간마다 해주어야 한다. 2시간마다 일어나야 하므로 핸드폰 알람을 맞추어 놓는다. 알람소리를 들어야 하니 핸드폰을 손에 쥐고 남편의 작은 움직임에 온갖 신경 세포들을 깨워본다.

체위 변경뿐만 아니라 환자가 자면서 혹시나 생길 수 있는 돌발 상황을 지켜보아야 한다. 환자가 기침 소리를 내면 보호자인 나는 일어나 지지직 석션 소리를 내며 남편의 가래를 뽑는다. 이 모든 일들은 보호자가 해야 하는 일이다. 그러다 보니 나의 밤은 쉼이 아닌 또 다른 하루의 시작을 알리는 듯하다. 오늘도 잠 못 이루는 신혼방의 불은 꺼지지 않는다.

6

퇴근 없는 곳으로
출근합니다

    출근 시간을 기다리는 직장인이 몇 있을까? 나 역시 그런 보통 사람들 중 하나였다. 나의 일을 좋아했고 적성에 맞는 일이라 생각하며 선택한 직업이었다. 하지만 종종 출근이라는 단어 앞에서는 움츠러드는 나를 발견하곤 했다. 매일 쳇바퀴 돌고 도는 일상이 주는 무료함과 소소한 행복 사이의 경계를 넘나들며 스스로를 다독인다. 남편 역시 나와 비슷하게 본인이 하고 있는 일을 좋아했다. 아침잠이 많은 남편의 출근은 쉽지 않은 하루 일과였다. 누구나 한 번쯤은 힘들고 지루하다고만 생각했던 출근을 하게 되는 여정과 출근길. 우리 부부도 예외는 아니었으나 이제는 우리가 가장 누리고 싶은 일상 중 하나였다는 것을. 남편은 알고 있을까?

재활병원의 병동은 아침 6시에 하루가 시작된다. 그때부터 보호자의 본격적인 일상도 시작이다. 대학병원과는 다르게 1시간 늦게 시작되지만 잠을 더 잔다거나 하는 일은 많지 않았다. 남편을 돌보는 일은 시공간을 구분하지 않는다. 눈을 뜨는 순간 출근이 되고 눈을 감으면 퇴근일까? 그건 아니다. 대학병원에 있을 때 남편의 의식 회복을 위한 처방으로 의사는 긴 시간 휠체어에 앉아 있으라 했다. 오랜 시간 앉아 있다 보니 체중으로 인해 피부의 압박이 가해져 엉덩이에 욕창이 생긴 것이다. 욕창은 피부의 한 부위가 지속적으로 압박받아 피가 통하지 않아 그 부위에 산소와 영양분을 공급하지 못해 생기는 피부 궤양을 말한다. 순환장애로 인한 일종의 피부 질환이다. 상태가 심하거나 방치하게 되면 생명까지 앗아가게 된다.

남편에 대한 돌봄을 시작한 후 환자에 대한 공부를 하게 되면서 알게 되었다. 욕창은 정말 무서운 질환이라는 것을. 남편에게 욕창이 생기는 데 걸린 시간은 2~3일이었지만 생긴 욕창이 완치되기까지 2년이 가까운 시간을 보내야 했다. 하루 두 번 드레싱은 기본이었고, 재활 중간 기저귀를 교체해야 하는 순간이면 욕창이 덧나지는 않을까 위생에 신경을 써야 했다. 장시간 앉아 있어야 해서 처방이 내려진 고가의 방석을 깔아주어야 한다. 다시 침대에 누워 생활을 하고 잠을 자야 하는 시간까지 관리는 계속 된다. 그렇기에 욕창이 있는 남편의 돌봄은 24시간 이어진다. 보호자가 순간적으로 위생 상태를 방심하거나 체위 변경을 놓치게 된다면 환자의 상태는 말하지 않아도 뻔하다. 그렇기 때문에 2시간마다 체위 변경부터 피부의 청결 유지까지 모두 보호자의 몫이다.

보호자가 되기 전 나의 새벽 6시는 아직 잠을 자고 있거나 운동을 할 시간이었다. 아침잠이 많은 내가 누군가를 돌볼 수 있을까 걱정했다. 생각할 틈도 없이 눈앞에 놓인 현실은 일어남과 동시에 눈도 덜 뜬 상태로 환자부터 살펴야 한다. 퇴근 없는 출근을 매일 하고 있는 상태는 피곤함에 절어 있는 것이다. 기분은 썩 유쾌하지 않았다. 직장인은 출근을 있지만 돌봄을 하는 보호자는 퇴근이 없다. 퇴근의 시간만 바라보며 근무하던 팍팍한 일상도 얼마나 소중한 것인지 몰랐다. 그러다 문득 그런 생각이 들었다. 많은 자기계발 책에서 이야기하고 있는 "지금을 살아라."라는 말이 떠올랐다. 과거에 나는 과거를 살았을까? 그때의 나는 평범한 일상에 감사하지 못했던 것 같다. 크게 불평불만은 없었지만 지금을 잘 사는 것이 어떤 의미를 주는 것인지 가슴으로 이해하지 못했다. 다들 그저 그렇게 살아가니까. '지금'이라는 시점이 주는 가치가 얼마나 소중한 것인지, 현재 주어진 선물이 얼마나 큰 행복이었음을 이제는 안다. 그때와는 상황과 조건이 지금은 많이 바뀌었다.

나는 지금을 살고 있을까? 돌봄을 하는 보호자가 된 지금이 나에게 주려는 또 다른 의미를 찾아보려고 한다. 비록 퇴근을 기다리는 기쁨은 없다. 그렇지만 남편을 돌보는 시간에서 지금 우리 부부에게 주어진 상황을 받아들이고 있다. 받아들임으로 인해 누릴 수 있는 감사와 현재의 소중함을 발견해 가는 중이다. 남편과 대화를 나눌 순 없지만, 언젠가 대화를 나눌 수 있는 순간이 오면 이렇게 말해주고 싶다. "우리 그때 참 잘 이겨냈지?"라고 서로를 토닥여 줄 것이다.

새댁,
밥 먹었어?

'동병상련'이라는 말이 있다. 같은 병을 앓는 사람끼리 서로 불쌍히 여긴다는 말이다. 즉, 어려운 처지에 있는 사람끼리 서로 동정하고 돕는다는 뜻이다. 병원에서 생활하다 보니 만나는 사람들의 반경은 정해져 있다. 환자와 보호자, 간병인 아니면 의료진이다. 그 중에서 나와 가까운 거리로 만날 수 있는 사람들은 환자를 돌보고 있는 같은 처지의 보호자들이다. 보호자는 나보다 어린 친구들부터 80대 어르신들까지 있다. 이모를 돌보는 조카에서부터 50대 아들을 돌보는 80대 노모까지. 각자 저마다의 사연을 가지고 돌봄이라는 이름으로 환자를 돌본다. 이들은 어떤 마음으로 돌봄을 하고 있는 것일까?

누구나 이번 생은 처음이다. 나도 당신도 그러하다. 내가 겪고 있는 지금의 상황을 겪어 본 사람은 내 주변에 없었다. 사고 후 병원에 와서야 만나게 된 것이다. 처음 남편의 사고 소식을 지인들에게 전했을 때 사람들의 반응은 다양했다. 같이 울거나, 너무 놀라서 말을 하지 못하거나… 지인들은 각자만의 방식으로 나를 위로했다. 남편은 일어날 것이고 회복될 것이라고 말이다. 그 말을 믿고 싶었고 그렇게 믿었다. 하지만 시간이 지날수록 사람들이 하는 말은 나에게 위로가 되지 않았다. 한 달에 한 번씩 정신건강의학과에서 만나는 의사선생님도 이렇게 말씀하셨다.

"감히 어떤 위로로 드릴 수 없네요. 단지 이 시기를 함께 보내줄 수 있다고 말씀드릴게요." 라고 하셨다.

내가 느끼는 고통과 힘듦을 경험하지 않는 이상 알 수 없기 때문이다. 아픈 사람의 돌봄을 해본 적이 없는 사람들의 말은 그저 내 귓가에 겉돌 뿐이었다. 그렇다고 그들을 원망하지는 않는다. 사람들은 할 수 있는 최선을 다할 뿐, 내가 받아들이는 마음의 깊이와 높이가 다른 것이다. 쉽게 표현하자면 서로의 감정에 공감을 할 수가 없는 상태이다. 하지만 같은 돌봄을 하는 보호자의 처지는 달랐다.

대한민국 사람은 밥 힘으로 산다고 했던가? 보호자가 건네는 말 중 "새댁, 밥 먹었어?"라는 말은 어떤 말보다 내 마음을 배부르게 만들어주었다. 무심한 듯 던지는 말속에 그들의 따스함이 묻어난다.

"어젯밤에도 잠 못 자던데 새댁 괜찮아?" 내가 잠을 못 자고 있다는 사실을 알고 있다는 말은 그 말을 하는 사람도 잠을 못 자고 있는 상태였다는 것이다. 새벽 내 꺼지지 못하는 우리 신혼방의 상황을 알고 물어보신 것이다. 별거 아닌 듯한 나의 안부를 묻는 말에 울컥 눈물이 난다. 매번 하는 대답은 "못 자서 좀 피곤하네요."라고 하지만 그럼에도 나에게 주는 관심이 나쁘지 않다.

남편을 재활실에 보내고 잠시 시간이 날 때면 병실에 와서 미처 정리하지 못한 뒷정리를 하며 시간을 보내곤 한다. 어느 날은 다른 방의 보호자가 들어오셔서 "10분 정도 시간 나면 커피 한 잔 할래?"라고 하신다. 믹스커피 한 잔으로 최고의 휴식을 누려본다. 서로의 안부를 묻고 환자의 상태를 공유한다. 그렇게 마음을 나누다 보면 수면 부족으로 생긴 피로도 대화 속으로 잠시나마 녹여내며 위로를 주고받는다.

  지금은 보호자들과 함께 병원 밖에서도 서로의 안부를 묻고 일상을 나눈다. 우리들의 대화 시작은 첫 번째도 두 번째도 환자의 상태를 묻는 것으로 시작한다. 그다음 각자의 몸과 마음의 건강 상태를 공유한다. 환자를 돌보는 시간이 늘어날수록 우리들의 건강에도 빨간불이 켜짐에 서로를 토닥인다. 보호자들에게 필요한 것은 절대적인 공감이다. 무조건적인 공감해 줄 마음의 여유와 크기를 지닌 그들이 있어 외롭지 않다. 대화방에서의 일상 이야기를 나누고 아무렇지 않게 밥 먹고 자고 출근한 일상을 묻는다. 환자의 조그마한 변화에서 함께 울고 크게 기뻐해주는 그들이 있어 아픔의 크기를 잠시 잊곤 한다. 오늘은 무더운 여름을 잘 이겨낸 그들에게 잘 지내는지 먼저 안부 연락을 해볼 용기를 내야겠다.

돌봄에도
숨 고르기가 필요해

　와상환자, 사지마비, 독성 뇌병증. 남편의 상태 앞에 붙은 이 많은 수식어들만큼 돌봄이 필요한 상태이다. 2년이 넘는 시간 동안 남편의 누나인 형님과 나는 남편을 24시간 밀착 케어를 했다. 왜 간병인을 쓰지 않느냐고 누군가는 말한다. 처음에는 보호자가 와야 한다고 해서 내가 병원에 들어왔다. 남편의 상태는 의식이 명료한 상태가 아니었기에 타인의 손에 맡길 수가 없었다. 지금도 마찬가지이다. 안타깝게도 자신의 의사를 표현하지 못한다.

　병원에서 보는 간병인들의 모습이 다 그러하진 않겠지만 돌봄을 제대로 하시는 분들이 많지 않았다. 간병비는 부르는 게 값이었고, 간병인들의 모습 또한 각양각색이었다. 가족처럼 돌봄을 해달라는 것은 욕심이라는 것을 안다. 돈을 받고 간병하는데 환자를 방치하는 일도 허다했다. 특히 남편처럼 의사소통이 원활하지 않는 환자들에게 이곳에 쓰지 못할 만큼 학대 수준에 가까운 상황도 많이 보았다. 남편처럼 거구의 환자를 돌볼 간병인이 없다. 그래서 우린 가족 간병을 선택한 것이다. 무엇보다 환자의 빠른 회복과 호전에는 가족 간병만한 것은 없다고 생각했기에 간병인을 고용한다는 가정은 선택지에 없었다.

그렇게 돌봄은 시작되었다. 병동 침대와 하나가 된 남편의 엉덩이를 들어 올리지 못해 기저귀를 갈며 눈물을 흘린 시간이 있었다. 지금은 침상에 누워 있는 남편을 나 혼자 목욕을 시키는 상태가 되기까지… 앞만 보고 달려왔다. 요즘 말로 한 번씩 현타가 온다. '현자 타임'의 줄임말인데 찾아보니 사전적 의미가 있다. '어떠한 목적이나 목표를 향해 열심히 달려가다가 모두 달성한 직후에 이전까지의 열정이 모두 사그라지고 평정심, 무념무상과 같은 감정이 찾아오는 시간'을 말한다고 한다.

나는 누구보다 남편의 회복을 바라고 또 소원한다. 그런 상태를 기대하면서 돌봄을 했고, 호전될 것이라는 굳은 믿음 하나로 내 일상도 함께했다. 기대만큼의 상태는 아니지만 나빠지지 않고 하루하루 잘 지내주는 남편이 기특하다. 감사하게도 돌봄 시간을 교대해 주시는 형님이 계신다. 24시간을 일주일 돌봄을 하고 교대할 시점이 되면 내 몸과 마음도 만신창이가 되어 있다. 빨간 신호등처럼 쉼이 필요하다는 신호를 몸과 마음 여기저기서 눈치 없이 보내온다.

'숨 고르기'란 바쁘게 돌아가는 일을 잠시 진정시키고 다잡는 일이라고 한다. 지금 여기서 내가 할 수 있는 숨 고르기의 허용 범위는 넓지 않다. 그럴 때에는 내가 가장 좋아하는 일을 선택한다. 영혼의 쉼을 가져다주는 듯 커피를 마시며 마음을 돌본다. 병원 밑에 단골 커피가게가 있다. 일요일 오전 9시 50분이면 나는 무조건 이곳으로 향한다. 주말 재활 시간은 다소 여유가 있는 편이다. 이 시간은 남편 옆자리를 치료 선생님들이 채워주시니 혼자만의 자유를 누리려고 한다. 커피 가게 사장님은 주문하지 않아도 알아서 카페라떼 한 잔을 나에게 맛있게 만들어주신다. 받은 커피 한 잔으로 나는 숨 고르기를 한다.

'나는 지금 잘 하고 있는지, 나는 지금 어디쯤 가고 있는지, 내 마음은 괜찮은지' 스스로에게 질문을 던져본다. 마음을 하나씩 여유 있게 만나줄 시간은 허락되지 않는다. 커피를 마시는 시간만큼은 잠시나마 편안함을 찾으려 애쓴다. 숨 가쁘게 달려온 돌봄의 시간에서 어루만져주는 내 몸과 마음은 가끔 안녕하지 못하다는 신호를 보내기도 한다. 그럼 또 스스로에게 말한다.

"너무 잘 하고 있어. 어제도 애썼고, 오늘도 애쓰고 있어." 라고 스스로를 다독인다.

분명한 건 간병에도, 삶에도, 숨 고르기가 필요하다. 그것은 선택이 아닌 필수이다. 내일을 더 잘 살기 위해서는 말이다. 힘든 돌봄의 시간 속에서 짧은 여유를 만들어 커피 한 잔으로 나를 다독이는 일. 별거 아닌 행위 같아도 주어진 환경 속에서 나만의 숨 고르기로 오늘도 내일을 살아갈 에너지를 채워준다.

2장

외로워도 슬퍼도
나는 울어

1

내 눈을
한 번만 바라봐줘

　사고 후, 남편과 언어로 소통한 적이 없다. 우리가 서로의 마음을 알고 연애를 하면서 결혼 생활을 하기까지 끊임없이 이어졌던 것이 바로 대화였다. 함께 마주하고 나누는 의견들을 존중해 흔한 다툼 한번 없었다. 누구에게도 하지 못한 말들을 털어놓으며 각자 마음의 무게를 덜어내곤 했다. 아무리 사소한 이야기라도 내가 하는 말이라면 남편은 그냥 지나치는 법이 없었다. 회사 숙직을 하는 동안에도 새벽까지 나의 안부를 묻던 사람이었다. 그렇게 소통하던 남편과의 마지막 대화는 출근길이 전부였다. 2년이 지난 지금 어떠한 말도 주고받지 못하고 있다. 내가 지금 견딜 수 없이 가장 힘든 건 대화로 소통이 되지 않는 상황이다.

2년의 시간이 흐르기까지 나의 바람은 매일 매일 바뀌었다. 남편이 와상환자가 될 거라고 예상하지 못하고 있었기에 눈을 뜨면 바로 일어날 줄 알았다.

중환자실에서 눈을 감고 있는 남편의 귀에 대고 수도 없이 말했다.

"눈 좀 떠 봐."

다시 대학병원으로 옮기면서 119에 내리며 겨우 눈을 떴다 감았다 하는 반응을 보였지만 중환자실로 가야만 했다. 그때 면회 당시 남편에게 이렇게 말했다.

"내 목소리 들리면 눈 좀 떠 봐."

하지만 남편이 눈을 뜨고 있는 시간은 길지 않았다.

그렇게 일반 병실로 옮겨서는 눈을 뜨게 되었다. 거의 졸고 있는 사람처럼 반도 겨우 뜰까 말까 하는 상태로 눈동자는 허공에서 길을 잃은 듯 보였다. 내 남편이 아니라고 부인하고 싶을 만큼 눈빛은 또렷하지 못했다. 그런 남편을 보면서 나의 세상은 무너졌다. 그때부터 남편의 의식 회복을 위해 끊임없이 말을 걸었다. 물론 지금까지도 마찬가지다. 혼잣말을 넘어서 광대가 되어 북 치고 장구 치고 떠들다 보면 흔히 말하는 현타가 오기도 한다. 그럼 어떤가. 남편의 의식이 명료해진다면 무슨 짓이라도 할 수 있다.

의학 책에 따르면 사람의 의식 단계는 5가지가 있다고 한다. 의식의 상태와 변화를 이해하는 것은 신경학적 상태를 평가하는 중요한 지표로, 환자가 주변 환경에 대해 얼마나 인식하고 반응할 수 있는지를 나타내기도 한다. 의식 수준에 따라서 환자의 상태를 신속하게 파악하고, 적절한 치료를 제공할 수 있다.

첫 번째로 Alert는 명료의 단계로, 정상적인 의식 상태. 즉, 또렷한 상태로 시각·청각 등과 같은 감각에 대한 이상이 없고 적절한 반응을 보여주는 상태이다. 사람, 장소, 시간에 대한 질문에 정확히 대답하는 것이다.

두 번째로 Drowsy는 기면의 단계로 졸음이 오는 상태, 잠에 취한 듯 상태이다. 자극에 대한 반응이 느리고 불완전한 상태로 수면 중이지만 환자의 이름을 부르면 눈을 뜨면서 깨어나며, 질문(사람, 장소, 시간)에 대하여 적절하게 대답한다. 섬망(의학적 이유로 인해 일반적으로 수 시간에서 수일에 걸쳐 나타나는 급성 혼란 상태)이나 불안을 나타낼 수 있다고 한다.

세 번째는 Stupor, 혼미 단계로 대부분의 시간이 무의식 상태이다. 지속적이고 강한 외부 자극에만 반응을 보이지만 통증 자극에 회피하는 운동 반응을 보인다고 한다. 언어적 반응을 할 수 있으나 적절치 않아 거의 신음소리 가까운 소리로 의사소통 불가능하다고 본다.

네 번째로 Semi-coma는 반 혼수의 단계로 자발적인 근육 움직임이 거의 없는 상태이다. 통증 자극에 대해 눈을 찡그리거나 움찔하는 정도의 최소한의 반사적인 운동 반응을 보인다. 신음소리를 내거나 중얼거리기도 하지만 의사소통이나 의식이 있다고는 볼 수 없다고 한다.

다섯 번째, Coma는 혼수의 단계로 완전 무의식 상태이다. 모든 자극에 반응이 없고, 자발적 운동은 전혀 없다. 운동반사, 동공반사, 각막반사 모두 소실되어 있다. 연수(숨뇌)의 기능이 유지되어 호흡·맥박과 같은 생명 유지 기능이 존재할 뿐 의식과 반응은 없다.

의사도 명확하게 정의할 수 없는 남편의 의식 상태. 그것을 유일하게 알 수 있는 보호자에게 담당 교수님은 이렇게 말씀하셨다. 의사인 우리도 환자를 고쳐줄 수 없는 것이 딱 하나 있다고 말이다. 바로 눈빛이다. 매일 24시간 환자 옆에서 돌봄을 하는 보호자가 느끼는 환자의 상태가 가장 정확하다고 하셨다. '분명 내 말을 다 듣고 눈빛으로 말하는 것 같은데? 맞나?' 하는 반응이 늘어나지만 실망하기 싫어서 아닐 거야. 하며 흥분된 마음을 애써 감추기도 했다. 틈틈이 찍어둔 사진을 뒤져보면 남편의 눈빛은 조금씩 선명해지고 또렷해짐이 느껴진다. 무엇보다 같은 병원에서 지내는 보호자들이 보는 시선에서는 남편은 분명 호전되고 있었다.

우리가 함께했던 시간들, 남편의 호탕한 웃음소리, 손끝으로 전해지던 온기, 그리고 눈을 바라보며 나눴던 말없는 대화들. 모든 순간이 내게 여전히 생생하다. 언젠가 남편의 맑고 또렷한 눈빛이 다시 나를 찾을 날이 오리라 믿어본다. 그 순간이 오면 "난 여보가 해낼 줄 알았어."라고 말해줄 것이다.

당신의 눈빛을 기다리며 나는 오늘도 주어진 하루를 쓴다.

우는 아이에게 필요한 건
사탕이 아니야

　대학병원에서 3개월이란 돌봄의 시간 동안 매일 울고 또 우는 날들의 연속이었다. 중환자를 돌보는 일은 나에게 가장 버거운 일이다. 여러 가지 이유들이 있지만 가장 힘든 건 갑자기 무너진 내 마음을 돌보지 못한 것이었다. 코로나로 인해 다른 보호자와 교대를 하기에는 현실이 만만치 않았다. 몸과 마음이 지쳐 있고 의식이 명료하지 않는 남편을 24시간 마주한다는 현실을 받아들이지 못했다. 아니 받아들이기 싫었다는 게 더 맞을지도 모른다. 남편 앞에서 울지 않으려고 다짐해보지만 의식을 깨우기 위해 "여보."라고 부르기만 해도 눈물이 났다. 눈치 없는 눈물이 그치지 않으면 입을 막고 돌아서서 눈물을 닦았다.

그럴 때면 수시로 석션을 하러 들어오는 간호사들에게 우
는 모습을 들키곤 했다. 나보다 한참 어린 간호사들은 그런
나를 보며 당황해하거나 말없이 손을 잡아주고 나갔다. 그렇
게 나는 간호사들과 내적 친밀감을 쌓아나갔다. 재활의학과
병동에는 나와 같은 젊은 보호자보다 어르신들 그리고 간병
사들이 주로 있었다. 남편은 간호사들의 케어가 많이 필요하
기에 상대적으로 다른 환자들보다 우리 병실에 자주 드나들
었다. 그만큼 친해질 수밖에 없다.

어느 날은 병원에 있는데 아빠에게 전화가 왔다. 병동은 잠
든 시간이었기에 복도에서 전화를 받았다. 당시의 나는 감정
적으로 많이 흔들리던 살얼음판을 걷는 상태였다. 가족들 또
한 각자의 자리에서 불안과 두려움을 마주하며 서로에게 투
사하던 시기였음. 친정 식구들은 누워 있는 남편에 대한 걱
정뿐만 아니라, 무너질 것 같은 나를 보며 두려움과 싸워야
했다. 나는 가족들의 감정 상태까지 헤아릴 수 없었기에 그들
의 한 마디의 말에도 날이 서 있었다. 잠을 못 자고 몸까지 힘
든 상태에서 전화 통화 중 별거 아닌 이야기에 소리를 지르며
울음이 터져버렸다. 병원 복도에 주저앉아 울고 있었다.

그때 어떤 간호사가 나를 발견하고 다가왔다.

"보호자님, 왜 우세요? 울지 마세요."

민망해서 얼굴을 마주할 순 없었지만 비스듬하게 이름표를 보니 나와 성과 이름이 같은 간호사였다. 어깨를 감싸며 등을 쓰다듬어주며 울지 말라는 그 말에 참고 있었던 설움까지 동시에 터져 나왔다. 주체할 수 없는 눈물이 계속 흘렀다. 달래주던 간호사가 무언가를 건네며 한마디를 하였다. "우는 아이에게는 사탕을 주지 않아요." 그건 바로 사탕이었다. 재활의학과 병동 끝에는 안과 병동이 있었는데 소아들만 입원하는 병실이 따로 있었다. 간호사들은 처치를 하러 갈 때 자신들을 보고 우는 아이들에게 사탕을 주며 울음을 달랬던 것이다. 주머니에 있던 사탕을 나에게 주며 울지 말라는 위로를 건넸다. 사탕을 만지작거리며 눈물을 거두었다. 이 상황이 웃겨서 웃음이 터져 나오며 간호사의 얼굴을 바라보았다. 눈이 마주치자 그녀는 같이 울고 있었던 것이다. 설명할 수 없는 감동과 미안함이 동시에 느껴졌다. 가장 다정한 위로를 받았다.

나는 마치 건들면 터지는 시한폭탄 같은 감정 상태였다. 매일 흘리는 눈물을 핑계로 그 감정들을 흘려보내야 했다. 남편 곁에 머무는 모든 순간들을 날것으로 마주하는 상황은 매일 시험을 보는 것 같은 긴장 상태였다. 위로를 받으려 그의 손을 잡으며 다시 내 손을 꽉 잡아주길 바라본다. 그러나 그 손은 언제나 고요하다.

처음 이 현실을 마주하였을 때, 분노, 슬픔, 절망, 그리고 죄책감. 무엇보다도 내면 깊은 곳에서 밀려드는 고독감이 가장 견디기 어려웠다. 왜 우리에게 이런 일이 일어난 걸까? 모든 것이 불공평하게 느껴졌다. 시간은 잔잔한 물결처럼 나를 새로운 깨달음으로 이끌어가는 것 같았다. 나의 감정은 내가 선택할 수 있는 것이라는 것을. 절망 속에 잠기느냐, 사랑으로 이 상황을 새롭게 바라보느냐는 온전히 나의 선택이라는 것을 말이다.

가장 큰 전환점은 나 자신을 돌보기 시작한 순간이다. 내가 지쳐버린다면 그를 돌볼 힘조차 없어질 것을 너무 잘 안다. 매일 잠시라도 바깥 공기를 마시고, 산책을 하고, 눈을 감고 마음의 소리도 들어보는 소중한 시간이 너무나 필요했다. 필요로 인해 조금씩 만들어가는 삶의 틈과 여유를 느낄

수록 슬픔의 농도가 옅어지기 시작했다. 그것이 지나간 자리에는 흔적이 남지만 이것 또한 나에게 필요한 순간들임을 이제 조금은 알 것 같다.

삐뚤어지는 나에게
보내는 조언

사람은 관계를 맺으며 살아가는 존재이다. 우리는 누군가와 만나고, 웃고, 울고, 사랑하며 하루하루를 채워가기도 한다. 관계는 우리를 살아가게 하는 힘이 되기도 하지만, 때로는 그 무게가 삶을 짓누르는 이유가 되기도 한다. 관계를 시작할 땐 기대와 설렘을 함께 만들어갈 순간들에 대한 희망이 가득하다. 시간이 지나며 서로의 차이가 드러나고 기대가 실망으로 변할 때도 있다. 일터에서, 친구 사이에서, 혹은 가족 안에서도 관계는 늘 쉽지 않다. 가장 가까운 친구와 오해로 인해 서먹해지는 순간은 유쾌하지 않은 경험이기도 하다. 관계 속에서 우리는 끊임없이 타인의 감정을 살핀다. 내 말을 다시 곱씹으며 상처를 주지도 받지도 않기 위해 애쓴다. 그럼에도 사람은 관계없이는 살아갈 수 없다. 관계는 힘들지만 그 안에서 우리는 위로와 사랑을 발견하기도 하기에. 누군가의 따뜻한 말 한마디가 고된 하루를 견디게 하고 함께 웃는 순간들이 삶의 의미를 만들어 준다.

남편을 돌보는 생활이 계속 되는 동안 평범하게 누리던 일상과는 거리를 두게 되었다. 이를 테면 아침에 일어나면 하는 운동과 글을 쓰는 루틴, 집 앞 공원에서의 산책, 출퇴근을 하던 직장인의 삶. 그중에서 하나를 꼽으라면 친구들과의 만남이다. 보통의 여성이라면 누군가와 떠드는 수다 속에서 삶의 희로애락을 다 녹여낼 수 있다는 것에 공감할 것이다. 나 역시도 그런 사람들 중 하나였다. 지쳐가는 돌봄의 생활 속에서 가까운 누군가와 함께 나누는 수다가 고프다. 잠시나마 보통의 일상에서 위로 받고 싶어 친구들을 만나곤 했다. 그 시기는 아마도 사고 후 1년이 지난 시간이었을 것이다. 일주일 24시간 돌봄을 하고 집에 와서 잠을 자거나 밀린 집안일들을 하고 나면 시간이 순식간에 지나버린다. 일부러 누군가와의 만남을 정하지 않으면 집 안에서의 고립된 생활을 하다가 다시 병원으로 돌아가곤 했다. 그만큼 타인들과의 만남은 나에게 용기가 필요한 일이다.

병원 밖에서 휴식을 취하던 어느 날 친구들과의 만남이 있던 날이었다. 평소와 다름없이 맛있는 음식을 먹고 커피를 마시며 수다를 떨었다. 목소리가 떠나갈 듯 서로의 일상을 공유하면서 공감하는 이야기가 이어졌다. 나의 일상은 언제나 남편의 안부와 나의 안부 속에서의 힘든 이야기들로 무거워 지는 분위기로 시작된다. 내가 원하던 원하지 않던 무거움 속에서도 대화 주제는 자연스럽게 다른 곳으로 흘러갔다. 그녀들은 무거운 분위기 또한 웃음으로 승화시키는 놀라운 재주들을 가지고 있는 친구들이다. 한 친구가 남편과의 갈등 상황에 대한 이야기를 늘어놓는다. 만날 때마다 나오는 이야기이다.

"어제 남편이랑 또 한판 했어. 짜증나서 꼴도 보기 싫어."
친구가 말했다.

평소 같으면 그냥 흘러들었을 자연스러운 상황들이 그날 따라 내 마음의 소리는 눈치 없이 나를 깨웠다.

'저 이야기가 지금 힘들다는 건가? 좋겠다. 싸우기도 하고 미워할 수도 있는 남편이 있어서….'

그때부터 친구의 이야기는 내 마음에 들어오지 않았다. 마음의 모양은 삐뚤어지기 시작했다. '저 정도의 힘듦은 내 앞에서 할 이야기는 아니잖아?' 점점 일그러져가는 마음은 주체가 되지 않았다. 표정 관리가 되지 않으려고 할 즈음 또 다시 대화는 자연스럽게 다른 곳으로 흘러갔다. 웃음이 많은 그녀들 덕분에 웃음이 터졌다. 하지만 나는 웃고 있는데 눈물이 났다. 한 번 눈물이 터지면 멈추기가 힘들다. 사고 후, 눈물 버튼이 고장이 난 것 같다. 누군가가 그곳을 스쳐가기만 해도 베인 것 같이 아파 참는 것이 자연스러워졌다. 분명 입은 웃고 있는데 마음에서 흐르는 눈물은 멈추지가 않았다. 이쯤 되면 친구 관계까지 의심해 봐야 하는 혼자만의 망상을 돌리면서 관계 속에서 나의 감정을 다루는 것을 생각해 본다.

　관계 속에서 감정을 마주하며 나 자신을 잃지 않는 것이 중요하다. 때로는 타인을 배려하느라 나의 감정과 욕구를 억누르기도 한다. 내가 행복할 때, 비로소 건강한 관계를 만들어갈 수 있는 것이다. 사람은 관계로 인해 상처받고 성장하며 살아간다. 그 관계가 무겁게 느껴질 때, 혹은 감정이 다치는 상황에서는 잠시 내려놓고 나 자신을 돌보아야 할지도 모른다. 그럼에도 관계를 유지하게 되기도 한다. 그 속에서 나누는 마음들은 서로 상생하기 때문이다. 오늘은 계속해서 삐뚤어진 나의 감정들에 귀를 기울이며 아이처럼 토닥여주고 싶다.

4

안녕, 나의 엄마!

꽃다운 엄마의 나이 63세. 뒤늦게 딸의 결혼식을 본 엄마는 이제 바라는 것이 없다고 하셨다. 남편이 사고가 나던 그해 겨울, 엄마와 영원한 이별을 했다. 엄마는 9년 전부터 위암 투병을 하셨다. 처음 발견 당시에는 1기 극 초기였고 수술만 하면 괜찮다 하여 위 전절제술을 받았다. 그 후, 항암 없이 4년의 시간을 회복을 하시며 건강하게 보내셨다. 5년이 되던 해에 완치 판정을 받으러 가던 날 엄마와 나는 기분 좋게 완치라는 말을 듣고 서울 구경을 하기로 약속했다. 하지만 하늘이 원망스럽게도 완치가 아닌 재발 의심 소견을 받았다. 서울 구경 대신 검사와 검사를 반복하는 일정을 소화하고 무거운 마음을 안고 대구로 내려왔다. 2주 후 의심 소견은 재발 판정으로 결정이 났다.

의사가 보여주는 검사 사진 한 장에 내 눈을 의심했다. 뼈 마디마디에 암 세포들이 퍼져 있었다. 너무 당황스러워서 말이 나오지 않았다. 엄마 앞에서 내색은 못했지만 처음 진단 받았을 때와는 또 다른 절망이었다. 순식간에 엄마는 위암 전이 4기 환자가 되어버렸다. 나는 하던 일을 그만두고 엄마와의 투병 생활에 동행했다. 처음 항암을 받으러 서울 병원에 입원을 했다. 각종 검사로 금식을 하고 먹고 싶은 것들에 대해서 이야기 하던 중 의사가 들어왔다. 갑자기 뜬금없이 하는 말은 "기대 여명이 6개월 남지 않았으니 삶을 정리하시는 게 좋을 것 같습니다."라고 했다. 무슨 소리지? 치료도 제대로 하지 않은 환자에게 할 소린가? 하고 엄마를 보니 사색이 되어 있었고, 나의 감정이 요동칠 틈을 주지 않고 엄마를 달랬다.

병원은 환자의 늘 최악의 상태를 말한다. 알고 있었기에 나는 믿지 않고 엄마는 울기 시작했다. 그때의 나는 무섭고 두렵고 누구보다 슬펐지만 그럴 수가 없었다. 엄마를 지켜야 했기에. 일주일의 항암 치료를 받고 대구로 내려왔다. 정신을 차리고 지금 할 수 있는 것을 해야겠다고 마음먹었다. 엄마의 건강을 위한 환경부터 바꿨다. 엄마가 운동하던 공간 근처로 함께 이사를 했고, 엄마의 일상을 챙겼다. 함께 공원을 돌고 산을 오르며 짧은 여행도 다녔다. 엄마가 하고 싶은 것들과 먹고 싶은 것들을 같이 이야기하면서 전국을 다녔다.

항암을 하는 날엔 전날 서울로 올라가 맛있는 음식으로 면역 수치도 올렸다. 이곳저곳 구경도 하며 수다를 떨었다. 항암 주사를 맞고 미동 없이 누워있는 엄마를 차에 태워 운전해 내려오기도 했다. 그렇게 2년의 시간을 보냈다. 그 덕분인지 엄마는 더 나빠지지 않고 컨디션을 유지하며 지내셨다. 함께하는 시간도 자주 보냈다. 전화통화를 하면 시시콜콜한 이야기들로 스트레스를 풀기도 했다. 2년이 지나고 나는 다시 일상으로 돌아가 일을 시작했고, 지금의 남편을 만나 연애도 하고 결혼도 했다.

엄마는 남편을 잘 챙겨주셨다. 남편 역시 엄마가 좋아하는 음식을 사다주며 가까운 여행도 다녔다. 남편의 사고가 나던 그해 봄, 엄마와 나는 항암을 받기 위해 함께 서울을 다녀왔다. 다녀온 뒤 함께 코로나에 걸렸고 엄마는 컨디션 회복에 애를 썼지만 예전 같지 않게 몸 여기저기가 아프다는 말을 자주 하셨다.

"엄마 허리가 너무 아픈데 어디 병원에 가볼까?" 울먹이며 말하셨다.

"내가 알아봐 줄 테니까 너무 걱정하지 말고 아프면 진통제 드세요."라고 말했다.

항암을 하는 대학병원 외에 보조 치료를 하는 병원도 여기 저기 알아봐주었다. 하지만 부쩍 아프다는 말을 자주 하셨고, 허리 쪽은 자주 아팠으니 암성 통증이라고 생각하지 못했다. 그것은 암성 통증의 시작이었던 것이다. 지금 되돌아보면 엄마도 나도 통증이 시작되는 상태를 회피하고 싶은 마음이었는지도 모른다. 일반 병원에 진료를 받으러 가도 암환자는 다니던 병원을 가라는 차가운 말과 함께 치료를 외면당했다. 엄마는 그런 상황을 마주할 때마다 좌절했고, 암성통증은 여기저기서 나타났다. 내가 남편의 사고로 병원에서 정신없는 시간을 보내는 동안 엄마의 생명은 점점 힘을 잃어가고 있던 것이었다. 그 와중에 엄마는 병원에서 남편을 돌보고 있는 나에게 매끼 밥과 반찬들을 챙겨왔고, 빨래도 해다 주셨다. 병원을 찾아온 엄마는 나의 손을 잡고 이렇게 말했다.

"지금을 잘 받아들이자. 김 서방은 살려야지."
남편을 살려야 한다는 마음밖에 없었기에 눈물을 삼키며 야위어 가는 엄마를 보고 말했다.
"응 엄마. 내가 잘 보살필게."

계절은 가을로 접어들던 어느 날 저녁, 엄마와 여느 때와 다름없이 통화를 했다.
목소리가 너무 좋지 않아서 엄마의 컨디션에 대해서 물었다.

"엄마 몸이 많이 안 좋아?"

수화기 너머 담담하게 들려오는 목소리가 낯설었다. 갑자기 걸을 수 없을 정도로 아파서 119를 타고 응급실에 다녀왔다고 했다. 내가 걱정할까 봐 이야기를 하지 못했다고 하셨다. 일주일 뒤 엄마는 다시 병원에 입원을 하였다. 나는 간병을 하고 나오면 다시 엄마를 만나러 병원을 가곤 했다. 병원에서 병원으로 이어지는 생활은 3개월간 이어졌다. 길었던 시간이라고 생각했지만 지금 생각해보면 짧기만 했던 것이다. 그해 겨울 엄마는 나와 40년의 시간을 뒤로 하고 소풍을 떠났다.

엄마는 나에게 마지막 인사를 남기지 않고 떠났다. 통증을 견디느라 하고 싶은 말들을 삼켰겠지만, 어떠한 말이라도 좋으니 하고 갔어야 한다. 엄마가 보고 싶을 때마다 작별인사를 하지 않은 상황이 원망스러워졌다. 나에게 있어 가장 멋진 어른에게 이 상황을 털어놓으며 눈물을 흘린 적이 있다. 그분은 "엄마가 마지막 인사를 하지 않은 이유는 지금의 헤어짐이 마지막이 아니기 때문이지." 그 한마디에 나는 엄마를 원망하는 마음을 거두었다. 다시 엄마를 만나는 날을 기다려본다. 세상 가장 다정하고 따뜻하게 안아주며 이렇게 말할 것이다. '엄마 나 잘 살다 왔지?'

거친 파도가
나를 삼키려 할 때

"엄마 귤 먹고 싶다. 귤 좀 사다 줘."

과일을 너무 좋아하는 엄마를 만나러 가는 길에 나는 귤을 한 아름 들고 병원으로 향하곤 했다. 남편을 돌보는 일을 하면서 숨통 트이는 순간이었다. 엄마의 투병 기간은 9년. 나는 그 시간을 함께했다. 초기 4년 동안은 6개월에 한 번씩 병원을 동행했고, 재발을 한 후론 일을 그만두고 2년 넘게 엄마와 신나게 놀았다. 그 덕분인지 엄마는 전이환자였음에도 체중도 오르고 즐겁게 투병 생활을 이어나가던 중이었다. 그런 엄마를 남편의 사고 4개월 만에 보냈다는 사실은 아직도 받아들이기 힘든 내 삶의 큰 사건으로 자리 잡고 있다.

병원에서 하루 한 번 엄마와 통화하는 시간이 가장 즐거웠다. 사소한 남편의 반응에도 함께 울고 웃으며 일상을 공유하던 나의 엄마. 남편의 병원을 나와서 엄마를 만나러 병원으로 향해도 행복했다. 엄마를 볼 수 있다는 사실만으로도. 아픈 엄마 옆에 누워 있기만 해도 세상 편한 곳은 여기였음을. 엄마가 거동을 못하게 되면서 휠체어를 밀고 병원 밖에 산책을 나가도 감사했다. 엄마가 좋아하는 오징어 땅콩을 같이 사러 갈 수 있었으니까. 그런 엄마가 투병하던 마지막을 오롯이 함께하지 못했다는 자책과 죄책감으로 견딜 수가 없었다.

나는 엄마가 당신이 '당신이 남편으로 힘든 나에게 짐이 될까 빨리 가신 게 아닐까' 하는 생각을 하면서 스스로 괴로움을 만들어냈다. 도대체 왜 한꺼번에 사랑하는 사람들을 빨리 데려갔어야만 했는지 하느님을 원망하는 일밖에 할 수 없는 내가 너무 싫었다. 그렇게 생각을 파고들다 보면 거대하고도 거친 파도가 나를 삼킬 것 같은 두려움이 밀려왔다. 나에게 세상은 살아갈 의미를 잃어버린 상태가 된다.

무작정 집 밖으로 나왔다. 특별히 갈 곳은 없어서 공원을 한 바퀴 돈 후, 아파트 옥상으로 올라가 보았다. 가슴에 켜켜이 쌓인 감정들을 털어내고 싶었다. 5년을 살면서 처음 올라와 본 곳이다. 20층의 높이에서 높은 건물들 사이의 도시 풍경이 눈앞에 가득 찬다. 엄마가 보고 싶어 하늘을 올려다본다. 엄마는 지금 어디쯤 있을까? 남편은 지금 어디쯤 헤매고 있을까? 너무 보고 싶은 나의 두 사람은 내 곁에 없다. 그 사실을 받아들이기 싫었다. 이게 꿈인지 현실인지도 알고 싶지 않았다. 감당하기 힘든 현실 앞에서 내가 할 수 있는 일이 무엇일까 계속 생각한다. 더 이상 살아갈 자신이 없었다.

엄마가 없다는 사실도 하루아침에 누워 있는 남편의 모습도 인정할 수 없어 현실을 부정하기만 했다. 열심히 살아왔던 내 삶의 대가가 이런 것이라면 살아갈 이유는 더 이상 없었다. 그러다 아파트 밑을 내려다보았다. 뛰어내려야겠다는 마음보다 지금 이 곳에서 이러지도 저러지도 못하는 나를 보는 게 더 괴로웠다. 그래, 차라리 뛰어내리고 싶은 마음이 더 커야 하는 게 솔직한 마음일 것이다. 바다 위를 항해하던 배가 거친 파도에 집어 삼켜 흔적도 없이 사라질 것 같은 공포가 느껴졌다. 무서웠다. 진짜로 뛰어내리고 싶은 마음이 들까봐. 그 자리에 주저앉아 미친 듯이 울었다. 얼마나 울었을까?

시간은 헤아릴 수 없었지만 문득 엄마의 모습이 떠오른다. 항암으로 머리카락이 다 빠져서 머리를 밀고 난 후 나에게 처음 보여주던 날. 엄마는 내 앞에서 울었다. 그런 엄마 옆에 누워 철없는 아이처럼 뒹굴거리며 두상 예쁜 스님이라고 놀렸다. 엄마는 눈물을 닦으며 헛웃음을 뱉으셨다. 그리고 이렇게 말했다.

"이제 어떻게 살래, 엄마도 없이."
"나? 더 잘 살 건데 엄마 없어도?" 하며 나오려는 눈물을 삼키며 농담으로 말을 돌렸었다. 사실은 엄마 없이는 못 살지도 모른다고 대성통곡이라도 하고 싶었다. 마음 아파할 엄마를 보는 건 내 마음이 허락하지 않았다. 요즘은 매 순간이 후회되고 매 순간이 그립다. 가끔 엄마의 흔적을 마주할 때면 그때의 말이 떠오르며 다짐한다. 나는 엄마에게 부끄럽지 않은 딸로 잘 살아가겠다고 말이다.

감히, 어떤 이의 위로

엄마와의 작별 이후 무거운 마음을 이끌고 다시 병원으로 들어와야 했다. 감당할 수 없는 슬픔이 나를 덮쳤음에도 현실은 남편을 간병해야 할 일들이 기다리고 있으니까. 2주 만에 남편을 보니 마음이 더 힘들었다. 한편으로 일정한 루틴의 병원 생활을 보내다 보면 괜찮아질까 하는 생각에 들어갈 용기를 내보았다. 그렇게 들어온 병원에서의 첫 날부터 우여곡절이 시작되었다. 재활병원에 코로나가 돌고 있었다. 내가 부재하는 동안 형님이 병원에 계셨는데 코로나 증상이 시작된 줄 모르셨다. 남편 역시 특별한 증상이 없었지만 원인 없이 설사를 하는 것이다. 설마 하는 마음으로 밤새 남편을 지켜보며 날이 밝았다. 다음 날, 집으로 가신 형님은 코로나 확진을 받았다. 다음 날 남편도 확진을 받았다. 남편에게 코로

나는 두 번째였다. 환자의 호흡기에 치명적이라 다른 병원으로 전원해야 했다. 나는 증상이 없었지만 격리할 수도 없는 상황이었다. 혹시 생길 수 있을 응급상황을 대비해 호흡기 전문 병원으로 입원했고 나는 보호자로 함께했다.

와상환자를 이동하는 일은 보통 일이 아니다. 더군다나 남편에게 필요한 물품들까지 챙겨야 해서 혼자 감당하기엔 힘든 일이었다. 하지만 코로나 상황이라 다른 누군가에게 요청할 수가 없는 상황이었다. 사설 119와 짐을 챙겨 병원을 옮겼다. 응급실로 가서 격리된 남편을 보니 눈물이 났다. 슬픔에 빠질 찰나 나 또한 코로나 검사를 했고, 결과를 기다렸다. 호흡기 병원에 와서는 다시 환자의 히스토리를 이야기해야만 했다. 사고가 난 상황부터 지금까지 한 치료의 방법까지. 누구보다 이 상황을 모두 지켜본 나로선 담담하게 상황을 전달했다. 기다림은 또 시작되었다. 코로나 검사 결과 다행히 나는 음성이었다. 3시간의 검사와 결과를 듣고 우린 격리병실로 이동했다. 친절하신 의료진들 덕분에 두렵고 무거웠던 마음을 잠시나마 위로받으며 다시 병원에 입원 절차를 마쳤다.

격리병실이 따로 없어 보호자가 없는 간호통합병동에 있는 병실에 지내게 되었다. 간호통합병동에는 간호사, 간병사, 요양보호사 등 많은 직원들이 조를 이루어 함께 돌아가며 근무하셨다. 우리 병실에는 보호자인 내가 있었지만 요양보호사들이 오셔서 케어해주셨다.

시간이 지나도 병원생활에서 가장 힘든 부분이 뭐냐고 묻는다면 처음 우리를 만나는 사람들이 묻는 공통적인 질문이 있다. "왜 이렇게 됐어요?"라는 말이다. 궁금할 것이다. 한참 젊어 보이는 사람이 중증 환자처럼 누워 있고 반응조차 없으니까. 그럼에도 나는 질문을 삼키는 편이다. 특히, 나이 있는 어르신들이나 부모님 또래의 어른들은 지나치시지 않는다. 들어오시는 분들마다 하는 질문들. 한결 같았다. 묻지 않는 분은 딱 한 분 계셨다. 사고의 상황을 대충 말하고 우리가 부부 사이라고 기계처럼 대답했다. 그럴 때마다 밀려오는 안타까움을 숨기지 못하시고 각자마다의 다양한 반응을 보였다. 미안하지만 그들이 하는 위로와 응원 따위 전혀 도움이 되지 않았다. 받아줄 마음의 틈이 없었기 때문이다.

입원 첫날 밤, 격리병실이니 나 또한 병실 밖을 나가지 못하고 남편을 케어하고 있었다. 그 때 요양보호사 한 분이 들어오셨다. 남편의 식사를 콧줄로 연결하는 걸 도와주셨다. 그리곤 내가 남편의 체위를 변경해 주는 것을 보고 갑자기 칭찬을 하셨다. "젊은 새댁이 이렇게 야무지게 간병을 잘하네." 나는 영혼 없이 "환자를 오래 돌보다 보니 이렇게 됐어요."라고 했다. 그래도 이렇게 하기 쉽지 않다며 한껏 칭찬을 해주시며 나가셨다. 솔직히 말하면 그들이 하는 아무 말도 듣고 싶지 않다. 입만 열면 나올 것 같은 눈물과 아픔을 누르는 것도 힘들었다. 그렇기에 그들의 질문에도 대답을 해야 한다는 부담이 나를 더 짓눌렀다.

일주일간 호흡기 전문 병원에 있으면서 그분들의 생각지도 못한 도움을 많이 받았다. 보호자인 내가 해야 할 일들을 그 분들은 격리병실임에도 돌아가면서 도와주셨다. 재활을 할 수 없었기에 하루 종일 병실에 있으면 심심하다고 재미있는 드라마를 틀어주시고 나갔다. 내가 누울 수 있게 보호자의 침대 방향을 편하게 돌려주시기도 했다. 보호자 도시락을 직접 가져다주셨으며 나의 식사 상태를 챙겼다. 본인들이 드시던 과일도 챙겨주셨다. 새벽에 푹 자라고 몰래 들어와 남편의 기저귀 상태도 확인해주셨다. 낮엔 보호자인 나에게 낮잠을 자라고 이불까지 덮어주시고 나가셨다. 우리 엄마가 있었다면 나에게 이렇게 챙겨주겠지, 하고 생각이 들 만큼. 조금씩 나의 마음도 그들에게 열려갔던 것 같다. 덕분인지 남편도 입원한 지 2일 만에 고열이 잡혔다. 치료제 효과도 있겠지만 다른 위험한 증상은 보이지 않고 일주일 만에 격리해제가 되었다.

퇴원 날이 잡히고 다시 재활병원으로 돌아갈 준비를 했다. 우리의 퇴원 일자가 소문이 났는지 퇴원 전날부터 근무시간에 보지 못하는 요양보호사님들이 인사를 주셨다. 그들의 인사는 남편과 나의 안녕을 빌어주는 것. 퇴원 날 아침, 분주하게 다시 짐을 싸고 119를 기다리고 있었다. 어떤 요양보호사 한 분이 들어오셨는데 유독 나와 남편을 챙겨주셨던 분이셨다.

"오늘 퇴원이라면서요?" 하고 물으셨다.
"네, 저희 다시 재활병원으로 가요. 그동안 잘 챙겨주셔서 너무 편하게 쉬다 가는 것 같아요."라고 말했다.

그러자 그분은 남편에게 "성배 씨, 꼭 일어나서 새댁이랑 알콩달콩 재미있게 살아요. 내가 기도할게. 꼭 일어날 거예요."라고 하시며 손을 잡아주셨다. 인사를 마무리하나 싶었는데 나에게 오셔서 안아주면서 말하셨다. "새댁 희망 잃지 마요. 남편 꼭 일어날 거니까. 내가 아들 같아서 있는 내내 마음이 너무 아팠는데 그래도 새댁 보니 환자 일어날 것 같아. 그러니 힘내요."라고 안아주셨다. 낯선 느낌이었다. 일주일 만에 처음 보는 사람에게서 이런 위로를 받는다니 감사함에 눈물이 쏟아졌다. 그분의 마음이 내 가슴으로 연결된 것 같았다. 꽁해 있던 마음에 빗장 풀리듯 미안함도 올라왔다. 첫날 내가 가진 오해로 괜히 그들의 마음을 단절했던 것이다. 119가 왔고 우리가 엘리베이터를 타려고 내려가는 순간까지 나오셔서 남편의 손을 잡아주셨다. 확진을 받고 남편을 데리고 왔던 절망과 막막함이 감동과 위안이 되어 다시 재활병원으로 돌아오게 되었다.

가끔 생각한다. 마음의 틈이 없다고 날을 세울 것이 아니라 누군가가 주는 위로는 그게 어떤 뜻이 담겨 있든 따뜻하게 받겠노라고, 나는 누군가에게 그렇게 따뜻함을 내어준 적이 있었던가를 반성하게 된다. 세상엔 아직도 따뜻한 분들이 많다. 다만 표현 방식과 마음을 주는 모양이 다를 뿐. 비난과 판단을 하며 편견을 갖지 말자 다짐하게 된다.

7

슬픔과 마주하는 일

병원에서 남편을 돌보다 쉬러 나오면 모든 시간이 오롯이 나의 것이 된다. 수면 패턴이 일정하지 않아 병원 밖을 나와도 잠은 쉽게 오지 않았다. 입맛은 돌지 않아 식사를 제때 할 수도 없었다. 그럴수록 건강은 갈수록 안 좋아졌다. 이렇게 지낼 수 없다는 생각이 들어 뭐부터 해야 하나 잠시 망설인다. 사실 집에서 쉬어도 마음이 편할 수가 없다. 우리가 살던 신혼집은 엄마와 내가 살던 공간이었다. 그곳은 남편과 나의 신혼집이 되기도 했다.

작은 집에서 시작해 우리의 꿈을 이루고 함께 미래를 다짐했던 곳이다. 이제 엄마도 남편도 더 이상 함께할 수 없는 공간이 되어버렸다. 집에서는 밥 한 끼 제대로 먹는 것이 힘든 상태였다. 운동을 해야겠다는 1초의 다짐을 하고 무작정 집 앞 공원으로 나간다. 공원은 나에게 아주 특별한 곳이다. 엄마는 공원 안에 있는 수영장에서 20년 운동하셨다. 나 또한 2년간 엄마와 함께 수영이며 요가까지 함께 운동을 했다. 또한 남편에게 사귀자고 처음 고백을 들은 곳이기도 하다. 결혼 후 매일 운동과 산책을 하며 일상을 보내는 공간이었다. 그래서 한동안 그 근처에도 가고 싶지 않았다. 모든 기억과 추억들이 살아나 마주하고 싶지 않은 감정들을 마주하게 만들기 때문이다.

감당할 수 없는 슬픔들에 잠식되어 있으면 가장 먼저 몸이 반응하는 것은 눈물이 나는 것이다. 미국의 생화학자 윌리엄 프레이 박사는 양파를 깔 때처럼 감정 없이 흘리는 눈물과는 달리, 기쁘거나 슬플 때 흘리는 감정이 섞인 눈물의 성분에는 카테콜아민이라는 성분이 있다고 했다. 카테콜라민은 사람이 스트레스를 받을 때 몸속에 대량 생산되는 호르몬이라고 한다. 반복적으로 분비되면 스트레스 호르몬이 된다. 슬픔에 사로잡히면 식음을 전폐하게 되는 것은 카테콜라민의 효과이다. 이 카테콜아민을 외부로 유출시켜주는 인체의 방어기제가 바로 눈물이다. 실컷 울고 나면 몸의 회복도 감정의 해소에도 도움이 된다고 한다.

얼마 전, 엄마의 완전한 사랑 속에 자라난 아홉 살의 조카가 나에게 전화가 왔다.

"고모, 할머니가 너무 보고 싶어요." 하며 영상통화를 걸어온다. 양쪽 눈이 빨갛게 달아올라 나를 쳐다보며 무작정 운다.

한 번씩 나에게도 슬픔이라는 감정은 감당을 하지 못할 때가 있다. 그런데 아홉 살의 어린 아이가 감당하기에는 너무 큰 슬픔과 상실감일 것이다. 어른들이 걱정할까 봐 눈물을 꾹꾹 참다 터져 나오면 올케에게 와서 운다고 한다. 그럴 때면 올케도 당황해서 나에게 전화를 걸어오는 것이다. 사실 내게도 슬픔을 극복하는 방법 같은 건 없다. 눌려져 있던 감정들을 참다가 밀려 터져 나오면 실컷 울어버린다. 카테콜아민이 나오는 순간일 것이다. 어떡해야 하나 생각할 틈이 없이 슬프면 그냥 마음껏 울어버린다. 어떠한 감정이던 그것은 분명 필요해서 올라오는 것이라고 생각한다. 몰라주고 눌러두기만 하면 더 큰 방식으로 올라오기도 하고 전혀 상관없는 상황에서 터져버리는 부작용이 생기기도 한다.

　"우리 서윤이 많이 슬펐구나. 슬프면 그냥 울어. 고모도 할머니가 보고 싶으면 그냥 울어. 울고 나면 괜찮아져."라고 이야기해준다.

　그제야 자신의 마음을 읽어주는 말에 안심을 하고 울음을 그친다. 그 모습에 내가 더 무너질 때가 있기도 있어 아홉 살의 어린아이와 핸드폰을 두고 실컷 울곤 한다. 그러고 나면 목구멍까지 차올랐던 삼키지 못한 말들과 가슴에 맺힌 응어리들이 응급처치를 받는 기분이 든다.

　어느 기사에서 슬픔은 '내가 원하는 상태와 다른, 부족한 나를 직면하며 느끼는 무력감에 근거해 드러나는 감정'이라고 해석한 글을 보았다. 하고 싶은 것을 할 수 없을 때, 또는 할 수는 있지만 누군가의 지지가 부족할 때 느껴지는 슬픔은 자신을 나약하게 바라보기 때문이다. 여기서 할 수 있는 것은 슬픔에 대처하는 방법 같은 건 없다. 이 슬픔을 붙잡고 있을지, 힘들고 무력함을 받아들이고 지금 내가 여기서 할 수 있는 것을 찾아볼지, 온전한 나의 선택에 달려 있다. 지금 나는 나에게 물어본다. '너는 어떤 선택을 하고 싶니?'라고 말이다.

눈물을 품게 된 날

사고 후 지금까지 남편을 원망하지 않았다면 거짓말일 것이다. 엄마와의 이별을 하기 전까지는 적어도 남편을 원망한 적이 없다. 지금의 현실을 부정하고 싶었고, 사고 원인이 미치도록 궁금했었다. 사고 현장에 사람을 구하겠다고 들어간 이유는 남편만이 알 것이다. 그런 사람은 지금 의사를 표현할 수가 없는 상태이다.

"도대체 왜? 거길 왜 아무 장비도 없이 들어간 거야?"

듣고 있는지도 모르는 상태의 남편을 보며 반복해서 했던 말이다. 원망이 섞인 질문에 되돌아오는 말은 없다. 남편을 원망한다고 해서 현실은 달라지는 것은 없었다. 대답 없는 질문들을 쏟아내고 나면 남편의 대답 대신 하염없이 쏟아지는 눈물을 혼자 감당해야만 했다. 그럼에도 남편을 원망할 수가 없었다. 내가 아는 남편의 성품이라면 충분히 사람을 구하러 사고 현장에 들어갈 수도 있겠다 싶은 이해의 마음이 들었기 때문이다.

이해하는 마음도 조금씩 작아지던 어느 날이었다. 남편이 너무 원망스러웠던 적이 딱 한 번 있었다. 바로 엄마의 빈소에서 있었던 일이다. 상조회사에서 장례를 준비하면서 상복을 나눠주었다. 가족이 많았던 친정집은 작은 아빠와 엄마 조카들까지 모두 한 마음으로 상복을 입게 되었다. 남동생과 나는 결혼을 했기에 각 배우자들의 상복도 나누어 주었는데 사위가 없었던 것이다. 직원이 상복을 나누어 주고 남는 상복을 두고 인원수를 체크하고 있었다. 사위가 없다고 직원이 반복해서 말했다. 이때 나를 배려하는 마음에서 작은 아빠가 상조회사 직원에게 사위는 해외에 일이 있어서 갔다고 미리 말해 두셨다. 그리고 그 사실을 나에게 전달하셨다.

"내가 사위는 해외에 일이 있어서 여기 없다고 미리 말했으니까 그렇게 알고 있어."라고 하셨다. 이때의 나는 이성적일 수가 없었다. 내 귀에는 남편의 존재를 인정하지 않는 것 같은 얘기로 들렸다. 바로 반박하며 말했다.

"왜 사위는 없는 사람 취급하세요? 지금 여기 있었다면 누구보다 엄마 잘 보내드릴 거고 가족들도 잘 챙길 사람이에요."라며 미친 듯이 소리치며 울었다.

가족들은 나를 달래며 이렇게 말했다. "네가 울면 엄마가 좋은 곳에 못 가. 그만 울고 진정하자." 왜 내 마음대로 울지도 못하게 하는 걸까 하는 마음에 눈물은 더 쏟아졌다. 내 옆에 아무도 없다는 느낌이 덮쳐버리니 참을 수 없는 울음이 터져 나왔다. 얼마나 울었을까? 울고 울다 또 눈물을 머금고 내 옆에 온 작은 아빠를 인지했다. 작은 아빠는 "그런 뜻이 아니야. 너를 위해서 내가 한 말이야. 오해했다면 미안하다."라며 어쩔 줄을 몰라 하셨다. 그런 마음도 모르고 남편을 원망하는 마음을 작은 아빠에게 돌렸으니 지금 생각하면 너무 부끄러운 일이다.

슬픔이 파도처럼 몰려왔다. 남편이 있었다면 내 손을 꼭 잡아주며 함께 울어줄 텐데…. 지금은 홀로 슬픔을 온전히 감당해야 했다. 하지만 빈자리를 탓하거나 남편을 원망할 수는 없었다. 그의 부재는 내 의지가 아니었고, 현실 또한 내가 감당해야 할 몫이었다. 그래도 엄마가 남긴 사랑은 내게 작은 위로가 되었다. 빈소에서 들려오는 엄마와의 추억과 그리움 가득한 목소리들 속에서 엄마가 얼마나 많은 이들에게 사랑을 주고 떠났는지 깨달았다. 나에게는 남편의 빈자리를 감싸 안을 힘을 남겨주었다. 그 힘으로 나는 남편의 부재 속에서도 이 슬픔의 무게를 견딜 수 있을 것 같았다.

슬픔을 극복하는 길은 잊는 데 있는 것이 아니라 그 슬픔을 품으며 살아가는 데 있다고 생각한다. 엄마가 남긴 사랑을 내 안에 고이 담아둔다. 남편의 빈자리를 탓하기보다는 그 자리도 함께 끌어안는 용기를 내야 한다. 조카에게 했던 말처럼 울면서 감정을 흘려보내다 보면 승화된 감정들이 채워줄 것이다. 빈자리를 온전히 인정하며 그 안에서 새로운 의미를 담아야 한다는 생각이 들었다. 엄마의 사랑, 남편의 빈자리, 모든 감정 속에서 나는 조금 더 단단해질 것이다. 눈물이 흘러도 괜찮다. 눈물 속에서도 엄마의 딸로, 남편의 아내로, 그리고 나 자신으로 살아갈 것이다.

3장

살기 위한
지랄 발광의 여정

1

개똥밭에 굴러도
여기가 좋아

우리가 함께했던 어느 평범한 날의 일이다. 사소한 이야 기도 대화하며 서로의 생각을 공유했다. 퇴근을 하고 하루에 있었던 일에 대해 대화를 나누고 있었다. 그날의 대화 주제는 뉴스에서 본 어린 학생의 자살 사건이었는데 나는 너무 안타까운 마음에 이렇게 말했다.

"저 어린 아이가 오죽했으면 저런 선택을 했을까?"
"아무리 힘들어도 그렇지 왜 저런 선택을 해. 나라면 그래도 살아볼 것 같은데….."

남편은 안타까우면서도 이성적인 감정을 담아 담담하게 말했다.

"살아가는 것보다 죽는 게 더 낫다고 생각하지 않았을까?"

말을 하다 보니 학생의 입장에서 대변하듯이 나는 말했다.

"어떻게 죽는 게 더 나아. 개똥밭에 굴러도 여기가 낫지."

남편은 그래도 이해가 되지 않는다는 듯이 말했다.

"그런가? 나는 그래도 개똥밭은 싫을 것 같은데…."라고

말하며 분위기를 전환했다.

이어지는 남편의 설득력 있는 이야기는 이랬다. 남편의 20
대는 삶이 아니라 생존이었다. 대학 2학년 때 시아버지가 돌
아가셨다. 다른 친구들은 배낭여행이며 자유를 만끽할 때,
미래를 고민할 틈도 없었다고 했다. 하루 빨리 졸업해서 취
업을 해야 어머니의 경제적 부담을 덜어줄 생각뿐이었다고.
어쩔 수 없이 어머니에게 등록금을 부탁드렸고 그때부터 공
부해서 장학금을 받아가며 조기졸업을 했다. 좋은 직장에 취
직했지만 워라밸을 따질 수 없는 곳이라 두 달에 한 번 쉬어
가며 일을 했다. 너무 힘들어 직장을 나오게 되었고, 공무원
시험을 보게 된 것이다. 누구보다 열심히 했고, 7개월 만에
합격을 했다. 공무원 생활을 하면서 본인의 생활을 찾으며

자신에게 누릴 수 있는 여유를 만들었다. 번 돈으로 고생한 어머니 집도 사드리고 결혼하면서 나에게 한 말이 있었다.

"나는 이제 내 가정을 꾸려서 우리 삶에 집중하며 살고 싶어. 지금까지 힘들었지만 우리가 열심히 살면 행복한 가정을 만들 수 있을 거라는 믿음이 있어." 남편의 말을 들었을 때 안쓰럽기도 했지만 누구보다 열심히 살았다고 칭찬해주었다. 그리고 우리가 함께 살아갈 날들에 대한 이야기들로 꽃을 피울 때면 세상을 다 가진 것만 같았다. 반면, 전혀 달라진 지금은 가진 것이 없어도 남편이 건강하기만 하면 좋겠다는 생각을 자주 한다. 간절하게 바라다가도 '나의 바람이 너무 큰 건 아닐까?' 하는 마음과 '아니야, 원래의 남편이라면 자기만의 속도로 회복하고 있는 중일지도 몰라.' 두 마음 사이에서 스스로를 달래본다.

우리 속담 중에 "개똥밭에 굴러도 이승이 좋다."라는 말이 있다. 아무리 천하고 고생스럽게 살더라도 죽는 것보다는 사는 것에 나음을 이르는 말이다. 남편의 의식 상태는 어디쯤 와있는지는 아무도 정의할 수 없다. 진단서가 붙어 있는 코드

번호와 진단명으로도 지금의 남편을 설명할 수 없다. 이 세상에 없게 되었을지도 모를 상태에서 지금에 오기까지 애쓰고 있는 사람을 보면 가슴이 메운다. 남편이 자주 하던 말이 있다. '개똥밭에 굴러도 여기가 좋아.' 그래서 오늘도 하루 일과를 마치고 아이처럼 자고 있는 남편을 보며 생각한다. "여보, 지금 여기가 좋지?" 내 옆에 살아 있어 주어서 고마워.

상실에 대한 사유

40대를 시작하던 해에 나는 삶의 가장 큰 일들을 마주했다. 남편의 갑작스러운 사고, 엄마와의 이별. 하나만 생각해도 감당하기 벅찰 것 같은 일들이 나에게 일어난 일이었다. 믿고 싶지 않은 현실을 하루하루 지날수록 느끼는 상실감은 삶 곳곳에 숨어 있다가 나를 짓누르곤 했다. 살아 있지만 소통이 힘든 남편과 이 세상에서 더 이상 소통할 수 없는 엄마. 잃어버린 나의 두 사람은 내 인생에 없어서는 안 되는 존재들이다. 그런 두 사람을 한꺼번에 잃게 되다니 왜 나에게 이런 일들이 생겼을까? 하는 질문의 답을 찾아가는 여정에 있다.

치마만다 응고지 아디 치에의 책 『상실에 대하여』에서는 누군가를 잃은 슬픔은 잔인한 종류의 배움이라고 했다. 그 슬픔은 나의 애도가 얼마나 차분하지 않을 수 있는지, 얼마나 분노로 가득할 수 있는지 알게 된다. 타인의 위로가 얼마나 겉치레처럼 들릴 수 있는지 알게 된다고 한다. 슬픔은 반투명하지 않다. 그것은 견고하고 강압적이고 불투명하다. 그 무게는 아침에 잠에서 깬 후 가장 무겁다. 납덩이같은 심장은 꼼짝하길 거부하는 고집스러운 현실을 보여준다. 엄마를 다시는 보지 못할 것이다. 다시는. 마치 내가 가라앉고 또 가라앉기 위해 깨어나는 것처럼 느껴진다.

내 삶의 두 축이었던 사람들이 같은 시간 속에서 나를 떠났다. 사고로 와상환자가 된 남편, 투병 끝에 세상을 떠난 엄마. 두 사람의 부재는 거대한 공백이 되어 내 삶의 중심을 흔들었다. 그들이 없다는 사실을 받아들이는 일이 이렇게도 무겁고 오래 걸릴 줄은 몰랐다. 남편은 내 삶의 동반자였다. 함께 웃고 꿈꾸던 그가 어느 날 갑작스럽게 말을 잃고 의식 없는 모습으로 누워버렸다. 그의 눈동자에 담겼던 온기가 그리워 손을 잡아보고 속삭여 보지만, 손끝은 더 이상 내 목소리에 반응하지 않았다. 매일 그의 곁을 지키며 나는 그가 돌아오길 바랐다. 하지만 시간이 흐를수록 기다림은 희망보다는 체념에 가까운 무게가 내 어깨를 짓눌렀다.

엄마는 내 삶의 뿌리였다. 투병을 하면서도 삶의 보이지 않는 곳곳을 다 챙겼다. 내 손을 놓던 마지막 날, 나는 어떤 위로도 찾을 수 없었다. 엄마 없는 세상이 이렇게 낯설고 적막할 수 있는지 그날 처음 알았다. 그들의 부재는 나를 텅 빈 방에 홀로 남겨놓았다. 삶의 의미를 잃은 채 하루하루를 보냈다. 하지만 어떤 날 문득, 하나의 생각이 싹을 틔운다. 그들의 빈자리를 느끼며 울고만 있는 것이 정말로 그들이 바라는 모습일까? 엄마는 늘 나에게 괜찮다고 말해주었다. 괜찮지 않은 나의 순간에도 "괜찮다, 잘 해낼 거야."라고 말했다. 남편 역시 "뭘 하든 다 괜찮아." 그들의 사랑 속에서 살아 있음을 깨닫는 순간, 내 안에 묻어두었던 자신을 조금씩 꺼내기 시작했다.

두 사람의 빈자리를 바라보며 자신을 찾는 여정을 시작했다. 그들 없이도 웃는 법을 배우고 작은 기쁨을 느끼는 법을 찾아갔다. 엄마가 가르쳐준 삶의 방식들을 생활에 옮겼다. 남편이 좋아하던 음악을 들으며 그와 함께했던 순간들을 떠

올렸다. 두 사람의 사랑은 여전히 나의 삶을 지탱하는 힘이 되어 주고 있다. 이제 그들의 부재를 아픔으로만 여기지 않는다. 내 삶의 일부로서 내 안에 살아 있다. 엄마와 남편이 준 사랑과 추억은 앞으로 나아가는 힘이 된다. 두 사람이 없다는 현실은 여전히 낯설지만 그 속에서 나를 새롭게 만들어 가고 있다. 그들의 빈자리에서 나 자신을 찾았다. 두 사람의 사랑을 가슴에 품고 오늘도 새로운 발걸음을 내디뎌본다.

하루살이처럼 살아가기

　사고 후 남편이 꿈에 나온 적이 있다. 아프지 않은 모습으로 다가와 평범한 일상을 보내는 꿈을 꾸곤 한다. 아마도 내 무의식에 자리 잡은 남편이 다시 건강해지면 하는 바람이 꿈으로 나타난 게 아닐까 싶다. 자주는 아니지만 꿈을 꿀 때마다 기억이 잘 나지 않았다. 남편의 모습만 어렴풋하게 떠오르면 '또 꿈 꿨네.' 하고 그냥 지나쳤다면 다행이다. 어떤 날은 그 꿈이 생각의 꼬리를 부정적으로 흘러 갈 때가 있다. 감정의 소용돌이에서 헤어 나오지 못하고 하루 또는 그 이상의 날들을 보내곤 했다.

　어느 날은 너무 생생한 꿈을 꾸게 되었다. 현실에서 남편은 나와 소통이 원활하게 되지 않고 있다. 꿈에서는 말도 못하고 움직이지도 못하는 모습이었음에도 자신이 모든 상황을 다 느끼고 알고 있다고 말해주었다. 심지어 자유롭게 몸을 움직여보라는 말에도 손과 팔을 흔들며 어린아이처럼 좋아했다. 다리는 아직 불편해서 걷기가 힘들다는 표현도 명확했다. 마치 마법에 걸렸다가 풀려난 사람처럼 편안하고 건강한 모습에 안도의 한숨을 쉬며 꿈에서 깼다. 여느 때와는 달리 꿈이 너무 생생했다. 행복했는데 꿈이라고 생각하니 현실과의 괴리감으로 많이 괴로웠다. 부정적 생각이 열매 맺히듯 주렁주렁 가지를 뻗어나가면 또 하루를 힘들게 보내게 될 것을 너무 잘 안다. 생생한 꿈을 꾸던 날은 어떻게 하면 이 생각에서 벗어날 수 있을까 곰곰이 생각을 해보게 된다.

어느 불교 동영상에서 본 내용에서 하루살이의 이야기를 들은 적이 있다. 하루살이는 먹을 시간이 없으니 아무것도 먹지 않고 날기만 한다. 하루살이가 하루만 사는 것은 아무것도 먹지를 못하기 때문이다. 하루 종일 짝짓기 기회만을 노린다. 오직 짝짓기를 위해 남은 삶을 다 보낸다. 짝짓기에 성공한 후에는 에너지를 다 쓰고 기진맥진하여 그만 죽고 만다고 한다. 그리고 지상에서 하루를 살기 위해서 물속에서의 천일을 보낸다고 한다.

하루살이에게는 어제와 내일이 없다. 하루살이는 오직 지금 이 순간만을 산다. 과거나 미래에 연연해하지 않고 매 순간 깨어 있는 삶을 산다. 늘 하루만 사는 하루살이에게는 집착과 걱정이 없으며 남을 미워하거나 욕심을 부리지도 않는다. 기쁨과 환희와 평온만 있다. 하루살이는 지금 이 순간을 살기 때문에 삶 자체가 희열이요, 축복이다. 그래서 우리도 하루살이처럼 살아야 한다. 매 순간이 기적이요, 축복인 것처럼 말이다.

문득, 남편의 모습을 바라본다. 사고는 과거에 일어났고 미래는 아무도 알 수 없다. 그렇다면 내가 할 수 있는 일은 현재를 잘 사는 것이다. '오늘 하루만 잘 살자. 오늘 하루만 재활 잘 받자.' 이 마음으로 스스로에게 다짐한다. 그 바람이 남편에게 닿기를 기도하는 마음으로 하루의 시작을 열어본다. 남편의 침묵 속에서 그의 마음을 느낀다. 나의 손길에 응답하는 손짓이나 움직임 하나가 울고 웃게 만들어준다. 대화는 어렵지만 그는 여전히 나의 남편이고, 우리의 시간은 계속 흐르고 있다.

　하루살이처럼 보일지도 모르는 이 삶이지만 매일 우리에게 올 새로운 희망을 품으며 살아간다. 내일도 나는 그의 손을 잡고 남편 곁에서 이야기를 나눌 것이다. 언어로 전달하지는 못하지만 그에게 전하는 나의 말은 내게도 위로가 된다. 우리는 여전히 함께 있고 그 자체로도 충분히 희망적이다. 오늘 하루를 잘 살아냈으니, 내일도 괜찮을 거야. 그렇게 나는 매일 우리의 작은 기적을 기다린다. 주어진 오늘 하루를 최선을 다해 살 때 진정으로 우리의 삶은 행복하고 만족스러운 삶이 될 것이다. 그렇다. 내가 오늘 하루를 하루살이처럼 산다고 생각하면 매 순간이 기적이 되고 감사가 될 것이다.

괜찮은 척, 담담한 척,
단단한 척

　어릴 때부터 나는 잘 울던 아이였다. 원하는 것을 얻기 위한 울음도 내 멋대로 하기 위한 고집도 아니었다. 내 감정이나 욕구를 드러내기보다는 누르거나 들키지 않으려고 어른들의 말을 잘 듣는 착한 아이 말이다. 그러다 보니 억울한 일이 생기거나 내 마음을 들키는 일이 생기면 말도 못하고 소리 없는 눈물부터 흘렸다. 아이는 가슴에 응어리가 맺혀 있는 사람처럼 내면의 무게를 한껏 스스로 감당하며 자라왔다. 엄마, 아빠에게서 받고 싶었던 정서적인 지원을 받기보다 내가 제공했던 것이다. 그렇게 엄마, 아빠의 욕구나 감정, 주변 상황을 지나치게 살피면서 나를 억누르게 되었다. '애어른'이 된 것이다. 괜찮은 척, 담담한 척, 단단한 척 말이다. 겉으로 보기엔 뭐든 잘하고 일찍 철든 아이처럼 보였다. 하지만 떼

쓰는 아이들만큼이나 관심과 사랑을 갈구했을지도 모른다.

애어른이 되면서 성장하는 사람들은 진짜 신체적·정서적인 어른이 되었음에도 누군가를 돌보거나 필요한 것들을 채워주는데서 존재감을 만족감을 느끼게 된다. 몸은 자랐지만 채워지지 않았던 욕구의 결핍이 있었다. 사랑받고 보살핌받고 싶었던 내면 아이가 있다는 것이다. 성인이 된 지금 부모님을 탓하지 않는다. 오히려 그들 역시도 그들의 부모님에게 받아 보지 못했던 성장 과정이 완벽하지 않기에 그럴 수밖에 없음을 이해한다.

나를 온전히 이해해 주는 사람이 없다고 생각했었다. 그래서 표현하는 것에 어려움을 겪으며 성인이 되어서도 내 감정을 이해하는 데에도 시간이 걸렸다. 남편과 연애를 시작한 지 얼마 되지 않던 때였다. 각자의 모습에 대해 진지하게 대화를 주고받던 중 남편이 나에게 던진 한마디에 나는 눈물이 터져버렸다.

"네 모습 숨기려고 애써도 다 보여. 그러니까 나한테까지는 숨기려고 하지 마. 다 받아줄게."

　괜찮은 척, 담담한 척, 단단한 척하며 애써 웃었다. 힘든 일에도 스스로 감당하려 했지만 남편의 눈에는 그렇게 보이지 않았던 것 같다. 세상에서 온전히 있는 그대로의 나를 이해해 주는 느낌은 처음이었다. 남편 앞에서 한참을 소리 내어 울고 나니 가슴에 맺힌 응어리가 눈 녹듯 녹아내렸다. 더 이상 척하지 않아도 된다는 안도의 말에 삶의 전부를 얻은 것 같은 자유를 느꼈다.

　남편의 사고 후 나는 다시 '예전의 나'로 돌아가고 있음을 느끼게 되었다. 사고가 나던 날부터 나의 감정이나 욕구보다는 어른들의 감정이나 슬픔을 더 챙겨야 한다고 생각했다. 내 감정을 돌볼 틈 없이 간병과 감당해야 할 일들을 혼자 짊어져야 한다는 압박은 나를 더 힘들게 했다. 이런 내 모습을 남편이 알게 된다면 많이 속상해하겠지만 현재로선 남편을 살리는 일이 더 우선이었기에 나를 돌볼 여유는 없었다.

　주변 사람들이 나에게 말해 준다. "네가 있어야 남편이 있는 거야."라고 말이다. 내가 가진 에너지의 한계를 겪고 나니 비로소 '나'가 보인다. 내가 생각해도 참 멍청하고 어리석다는 생각을 하지만 이제라도 알게 된 게 어디야? 하며 스스로를 다독인다. 남편을 돌보는 것과 일을 병행하는 요즘이다. 다른 사람에게 괜찮은 척, 담담한 척, 단단한 척하기보다는 힘들고 내색하고 싶었던 내 마음의 목소리에 귀를 기울이기 시작했다. 남편의 상황을 떠나 '정말 이게 가장 중요한 거구나.' 하는 것을 온몸과 마음으로 깨닫게 된 순간이기도 하다.

그동안 누르고 담아두었던 마음들을 하나씩 꺼내어 지친 몸과 마음에 심폐소생을 하듯, 나와 대화를 하며 생명력을 불어넣어 주어야 하겠다. 지금 내 모습 그대로 받아줄 수 있는 남편은 그 역할을 하기 힘들지만 이제는 안다. 내 스스로 나와 가장 친한 친구가 되어주면 된다는 것을. 이제는 나의 모든 모습을 괜찮다고 다독여 줄 것이다. 지금의 상황을 담담하게 온전히 받아들이고 앞으로 나아갈 것이다. 내면의 단단함으로 나에게 주어진 상황에서 한 걸음 더 성장해나갈 수 있지 않을까? 오늘 밤은 나와 대화를 좀 더 많이 해봐야겠다고 다짐한다. '우리 잘 지내보자.'

긴 병에
효부는 없더라

TV프로그램 중 〈무엇이든 물어보살〉이라는 프로그램이 있다. 사연을 신청한 일반 사람이 고민을 가지고 오면 두 방송인들이 그에 대한 답변을 해주는 고민 상담 프로그램이다. 질문들은 주변에서 쉽게 접할 수도 있는 내용부터 특이한 사례까지 다양하다. 처음에는 두 패널이 그저 웃겨서 가끔 봤는데 이제는 그분들의 경험에서 나오는 답변들을 듣고 있으면 박수를 짝! 하고 치는 유레카를 외칠 만큼의 이야기들에 빠져들어 남편과 보곤 했다. 유튜브 채널에서도 방송을 해준 에피소드들이 나오곤 해서 남편의 재활을 기다리다가 가끔 본다. 그러던 어느 날 많은 생각을 하게 되는 이야기가 나왔다.

10년 째 치매 아버지를 돌보고 있는 딸의 이야기이다. 아버지가 외출할 때 창문을 닫지 않고 나오거나 가스 불을 끄지 않고 나오는 경우가 잦아져 건망증이 심하다 생각했다고 한다. 그러던 중 집에 있는데 화장실의 위치를 묻는 모습에 병원을 가게 된다. 이에 경도 인지 장애 진단을 받고 그로부터 1년 후 치매 판정을 받게 되었다. 현재는 11년이 되었고, 아버지는 기저귀를 찰 만큼 안 좋아진 상태이다. 대소변을 가리기 힘들어 이불 빨래는 하루에 2~3번씩 해야 하고 하루 대부분은 간병으로 보내고 있다고 한다. 아버지의 11년의 시간만큼 사연자의 나이도 결혼 적령기를 넘어섰다. 간병인 없이 아버지와 함께 살면서 필요한 날에는 요양보호사님이 와주신다고 한다. 사연자가 회사를 운영하고 있어 재택근무를 하거나 일주일에 1~2일 출근을 할 수 있는 상황이기도 하다. 언니가 둘 있지만 각자의 상황이 있어 간병에는 도움을 줄 수 없다고 한다.

　　실제적인 간병을 하는 모습을 이야기해 주기도 했다. 초보 시절 병원에서 남편의 병원복 하나도 제대로 갈아입힐 수 없어 땀을 흘리던 내 모습이 투사된다. 공감과 아픔의 교차된 눈물이 나기도 했다. 아버지는 7살 수준의 상태이고 공격성까지 생겨서 현재 혼자 감당하기엔 버겁고 언니가 도와주어 위험을 모면한 상황도 있었다. 이렇게까지 딸이 혼자 아버지를 돌보는 이유는 무엇일까?

그녀는 아버지 혼자 세 자매를 키우셨기에 사연자는 최소 20년을 간병해서 아버지로부터 받은 것들을 돌려드리고 싶다고 한다. 지금의 상황에서 연애를 할 수 있을지가 고민이었는데 나라면 어떻게 했을지 생각해 보게 되었다. 일과 간병 그리고 자신의 연애와 결혼까지…어느 하나 중요하지 않은 것이 없지만 힘 조절은 반드시 필요하다고 본다. 위의 고민에서의 답변은 어려운 건 어려운 일이라며 다른 도움을 받으라고 했다. 좋은 요양병원을 찾아 아버지를 모시고 개인 시간을 확보하는 것이 나은 방법이라는 조언이다. 아버지가 아프지 않으면 딸에게 바라는 것이 무엇이었을까? 라는 질문을 던져 그녀의 마음을 정리하도록 도와주는 내용이다.

보호자도 사람이다. 어떠한 상황이 생기더라도 초기에는 아픈 사람을 위해 온 가족들이 힘을 모으고 에너지를 쏟게 된다. 나 역시도 처음엔 돌봄부터 다른 가족들을 챙기는 것까지 모두 내가 할 수 있을 거라 생각했다. 아니 할 거라고 굳게 다짐했다. 남편을 돌보는 일은 당연하다 생각했다. 나도 남편의 자리가 부재이지만 시어머니는 아들의 자리에 대한 부재 또한 말할 수 없는 힘듦이라고 생각했기에 마음이라도 조금 더 써야겠다고 생각했다. 하지만 모든 걸 다 할 수 있다는 건 커다란 착각이었다. 돌봄을 하는 일은 보호자의 에너지를 쓰는 일이다. 그리고 다시 채워야만 쓸 에너지가 생기는 법인데 채우기란 현실적으로 쉽지 않다. 그렇다면 쏟아야 할 에너지의 범위를 좁혀야 한다. 내가 할 수 있는 것에만 초점을 두는 것이다. 삶을 살아가야 하는 방식과도 비슷하다는 것을 깨달았다. 내 앞에 주어진 것의 우선순위를 정하고 가장 중요한 것에 에너지를 써야 삶을 잘 운용하여 유지할 수 있기 때문이다.

긴 병에 효자는 없다고 한다. 나의 경우 부모를 돌보는 효자가 아닌 남편을 돌보는 아내이자 며느리이다. 2년간의 돌봄 생활을 이 말에다가 대입해 본다면 긴 병에 효부는 없더라. 남편을 돌보는 일만으로도 충분히 벅차고 힘겨웠기에….

효부까지 해야 한다면 버티지 못하지 않았을까? 오늘 하루 무탈하게 남편을 돌보는 일, 그냥 그것이 내가 할 수 있는 가장 대단한 일이자 중요한 일이다. 긴 병에 효부는 없지만 남편 곁을 지키는 열녀쯤은 될 수 있지 않을까.

6

슬기로운 보호자 생활

결혼이라는 제2인생을 시작한 우리는 무한한 가능성과 설렘에 가득 차 있었다. 남편은 긍정적인 사람이었고, 의지가 짙은 태도를 가졌다. 삶은 우리를 어디로 데려가는 것일까? 예기치 않은 변화도 겪지 않으리라 생각했던 안온한 계획에서 벗어나게 되었다. 한순간의 사고는 송두리째 우리의 인생은 안정 궤도에서 이탈했다. 이제 나는 단순히 결혼한 아내가 아니라, 하루하루 남편의 건강을 회복하기 위한 보호자가 되었다.

남편은 회복이 빠르게 이루어지지 않는 저산소성 뇌손상. 매일 아침부터 잠들고 나서까지 이어지는 돌봄의 생활 속에서도 버틸 수 있는 것이 있다. 바로 어떠한 방향이고 속도든 남편은 조금씩 회복하고 있다는 사실이다. 스스로 품은 생각이기도 하지만 외부에서 보는 사람들도 분명 변화들이 있다고 말해주었다. 초기의 혼란과 슬픔은 생각보다 오래 갔다. 남편이 사고를 당하고 처음 몇 달 동안은 믿기지 않는 현실에 휘말려 있었다. 내 눈앞에 있는 그가 과연 내가 사랑한 사람이 맞는지 의심이 들 때도 있었다. 그런 남편을 일으켜 세워야겠다고 다짐한 순간부터 달라졌다.

남편 의식이 희미했고 혼미한 상태로 변화할 때까지 그를 돌보는 방법을 끊임없이 스스로 찾고 배우고 적용했다. 새벽까지 비슷한 질환을 가진 사람들의 정보들을 메모하고 핸드폰에 저장했다. 다양한 돌봄 물품을 써보며 남편에게 필요한 것들을 선택하며 다른 보호자들과 공유했다. 기저귀를 갈지 못해 눈물바다를 이루던 병실의 풍경들을 그려낸 적이 있다. 이젠 나 혼자 누워 있는 남편을 목욕시킬 수 있는 돌봄 능력의 내공이 생겼다. 이 뿌듯함을 누구에게도 자랑할 순 없다. 나의 돌봄 손길에 익숙해질수록 남편의 몸은 편안해지는 것이 보였고, 몸무게도 늘어갔다. 몸의 변화는 마음의 변화도 불러온다고 믿는다.

처음엔 그가 듣고 있는지, 반응할 수 있는지 모르지만 매일 말해준다. "여보 괜찮아, 오늘도 함께 있어."라고. 남편에게 말을 건넬 때마다, 그가 어떠한 상태일지라도 내가 할 수 있는 일을 할 뿐이다. 감히 "슬기로운"이라는 말을 붙여도 될지 모르겠다. 때로는 스스로가 감당할 수 없을 정도로 힘들고 벅찬 상황들이 많다. 하지만 그 모든 상황 속에서도 계속해서 배우고 있다. "슬기롭다." 즉 "슬기가 있다."라는 말은 고난에 슬기롭게 대처하는 모습을 말한다. "슬기로운"이란 단어가 붙여진 삶이 되려면, 하루하루의 작은 변화와 자잘한 고통을 어떻게 다루는지에 달려 있다고 생각한다. 빠른 회복력을 보이지 않는 남편을 돌보는 것은 심리적으로 큰 부담이지만 잘 극복하기 위한 방법은 슬기롭게 자신의 감정을 조절하는 것이다.

남편이 언제 어디서든 편안하길 최대한의 케어를 제공하며 동시에 내 자신이 지치지 않도록 돌보기로 한다. 나만의 여유를 갖기 위해 가끔은 잠시 틈을 만들어 휴식을 취한다. 힘들면 병원이나 상담의 도움을 받기도 했다. 이런 소소한 것들이 나를 다시 일어설 수 있게 해 준다. 내가 슬프고 지쳐

있으면, 그 또한 더 힘들어질 것이기 때문이다. 작은 변화에
도 희망을 품고 하루하루 그가 더 나은 상태로 돌아올 수 있
기를 기도한다.

　매일 남편을 돌보면서 돌봄의 진정한 의미를 알게 되었다.
그를 돌보는 일은 단지 건강을 회복하기 위한 외적인 행위가
아니다. 나의 마음과 영혼이 함께 동참하는 내면을 향한 삶의
여정 같기도 하다. 때로는 힘들고 때로는 벅차지만 내가 받은
사랑을 그에게도 느끼게 해주고 싶었다. 나의 사랑이 그의 회
복을 돕는다면 그것만큼 값진 일이 있을까? TV에서 보는 슬
기로운 보호자가 되기 위한 길은 결코 쉽지 않지만 돌봄을 하
는 이 길에서 계속 배워가고 있다. 시작은 남편의 돌봄이었는
데 어느새 나의 돌봄을 너머 사람 인생을 돌보는 일까지 넓혀
가고 있는 것이다. 앞으로 삶에 어떠한 일들을 마주하더라도
슬기롭게 만나고 대처하는 사람이 되고 싶다.

이 지랄 맞음이 모여
나를 만들겠지

　내 삶의 가장 어두운 순간들은 두 가지 사건으로 요약된
다. 남편의 갑작스러운 사고와 엄마와의 영원한 이별이다.
이것은 내가 느낄 수 있는 모든 감정들을 만나게 해주었다.
무엇을 위해 살아야 하는지 어떤 의미가 남아 있는지를 잃어
버렸다. 죽음이라는 거대한 벽이 내 삶에 불쑥 나타났을 때,
벽을 뚫고 나갈 방법을 찾지 못했다. 벽이 나를 짓누를 것 같
은 두려움과 고통에 발버둥 쳤다. 많이 울었고 아팠지만 나
는 살아야만 했다. 어디에서 시작된 걸까? 이 고통은? 처음
엔 알 수 없었다.

　삶의 한 구석에서 얽히기 시작한 불확실한 감정. 그 감정
이 하나씩 커지면서 점점 더 나를 지배했다. 스스로 선택한

길인지 아니면 운명에 끌려서 왔는지 모르겠다. 그저 한 발짝씩 내딛으며 살아갈 뿐이었다. 어느 순간, 모든 것이 벽처럼 느껴진다. 마치 내 몸이 나를 배신한 것처럼. 내 정신이 피로와 고독에 짓눌려 버린 것처럼. 왜 나만 이렇게 힘든 걸까? 왜 나에게만 이런 일이 생긴 것일까? 답을 알 수 없는 질문들을 허공에 던지며 보이지 않는 창살에 나를 가두는 순간들이 많았다.

남편의 사고와 엄마의 죽음 앞에서 무너지지 않기 위해 정말 미친 듯이 몸부림쳤다. 매일매일은 살기 위함이었다. 두 사람의 빈자리는 생각보다 너무 컸다. 특히 엄마의 빈자리는 겪어보지 못한 크기만큼의 공간이었다. 상실의 아픔을 이겨내기 위한 몸과 마음의 싸움은 가시가 돋친 채로 나를 찔렀다. 살아야 한다는 것도 알았다. 그들에게서 받은 사랑을 돌려주고, 꿋꿋하게 살아가는 모습을 보여줘야 한다는 의무감 같은 것도 있다. 삶을 지탱했던 힘이 바로 내게 있다는 어렴풋한 믿음 때문이기도 하다. 그래야만 했기에 지랄 맞은 몸부림을 이어갈 수밖에 없다. '지랄 맞다'는 화가 나면 불안하고 정신없고 어수선한 상태를 말한다. 지랄 맞은 상태가 지속될수록 나의 내면과 만나는 일이 늘어갔다.

　때로는 몸부림친다는 것이 자아내는 지랄 맞은 감정이 들기도 했다. 이런 말로 표현할 수밖에 없을 정도로 삶이 힘들고 고통스럽다 느꼈다. 눈물 없이 하루하루를 버틸 수 없었다. 가까운 사람들 앞에서조차 슬픈 감정들을 늘어놓을 용기는 더 없다. 가끔은 모든 걸 놓고 도망가고 싶다는 생각이 들기도 한다. 그만큼 내 안에서는 끊임없이 갈구하는 것도 있었다. 그건 바로 살아야 한다는 절박한 의지였다. 모든 것을 내 선택과 의지대로 할 수 없다고 생각했던 삶의 순간들을 정확하게 마주하고 싶었다. 고통을 극복하는 방법을 찾는 시도를 하는 대신 고통 속에서 스스로를 잃지 않기 위한 몸부림을 선택하기로 했다. 내가 살아남을 수 있을지 아니면 고통 속에서 사라지고 말지는 알 수 없겠지만 몸부림을 멈추지 않는다. 왜냐하면 그것이 나를 찾아가는 길이기 때문이라는 것을 알았다.

　몸부림 속에서 나는 조금씩, 아주 조금씩 나아갔다. 고통 속에서도 무엇을 해야 할지 몰랐다. 어쩌면 하기 싫었을지도 모른다. 그것을 인정하고 나니 해야 할 것들이 보이기 시작했다. 하고 싶은 것들이 하나씩 싹이 나듯 돋아났다. 내 속에서 울리는 작은 마음의 소리들에 귀를 기울여보는 것부터 해보기로 한다. 삶을 두려움으로 직면하기보다 우회하여 자연스럽게 받아들임으로 향한다. 그렇게 한다면 삶의 막연함을 분명함으로 세우고 의지를 채워나갈 수 있을 것 같았다. 두 사람의 부재 속에서 나를 찾아가고 있다. 그들에게 사랑받았던 기억을 내 삶의 원동력으로 삼아본다. 두 사람의 빈자리를 채우기 위해 해야 할 일들을 하나씩 만들어간다. 지랄 맞은 몸부림을 하면서 조금씩, 조금씩 성장해 나가고 있다. 삶은 나에게 상처를 주었다고 생각했다. 그럼에도 상처를 치유할 힘을 기르며 계속 살아가고 있다. 삶은 계속해서 나에게 정답 없는 질문을 던지지만 나는 그 질문에 대한 답을 찾기 위해 계속해서 몸부림칠 것이다.

누가 이기는지 해 보자,
인생아!

누구나 자신에게 주어진 인생의 시계대로 살아간다. 나의
인생 시계는 다른 사람들보다 느렸다. 1살 일찍 학교에 들어
갔지만 공부를 따라가는 것도 성장도 빠르지 않았다. 대학을
일찍 졸업했지만 전공을 다시 선택해서 늦게까지 공부를 했
다. 다른 사람들보다 조금 늦은 걸음으로 살아가는 것일까?
하는 질문을 스스로에게 던질 즈음, 인생의 흐름은 단숨에 나
를 벼랑 끝으로 밀어버리는 것 같은 일들에 무너지는 듯했다.

데이비드 호킨스의 『치유와 회복』에서 삶의 큰 위기를 다
루는 법에 대해서 이렇게 알려준다. 삶의 주요한 경험들이
가지는 공통점이 있다고 한다. 모든 경험들이 생존의 위협감
과 극도의 상실감을 불러일으킨다. 변경 불가능한 상황이 지

속되면 무력감을 가진다. 모든 것이 멈추어 버린 듯 아무것도 할 수 없다는 생각이 드는 것. 나의 마음을 그대로 옮겨놓은 말에 잠시 호흡을 가다듬었다. 이 혼란을 이겨내는 방식은 상황을 받아들이는 것이라고 한다. 지금의 나는 이 상황을 어떻게 받아들이고 해석해야 할까?

내 삶을 송두리째 바꾸어 놓은 이벤트들은 충격과 부정을 넘어 세상과 신에 대한 원망과 분노의 감정까지 경험하게 해주었다. 여러 감정들이 뒤섞여 미친년처럼 울다 웃다가를 반복하기도 했다. 가장 크게 느낀 감정은 애착을 가진 아이가 엄마와 분리가 되는 순간 분리불안을 겪는 것처럼 분리감과 상실감이다. 가장 애착을 가진 두 사람과 하루아침에 분리되었다. 머리로는 안다. 이 위기들을 잘 넘어가야 한다는 것을. 마음을 다독이고 다잡으려고 할수록 늪에 빠지는 기분이 들었다. 또한 책에서는 "고통은 우리가 삶의 진정한 본질을 깨닫게 하는 중요한 열쇠다." 고통을 회피하지 말고 그것을 마주해야 한다는 말이었다. 고통 속에서 나를 치유하고, 그 고통을 인정하는 것이 회복의 첫걸음이라 했다. 나는 그 말을 가슴에 새기며, 내 안에서 일어나는 감정과 생각들을 깊이

들여다보기 시작했다.

처음에는 정말 힘들었다. 고통을 인정하는 것이. 받아들이는 것이 그토록 어려운 일인 줄 몰랐다. '왜 나만 이런 일을 겪어야 하는가?' 하는 자책과 분노가 계속 나를 흔들었고, 나 자신을 미워하는 마음이 떠나지 않았다. 시간이 지나면서 그 고통을 내 삶의 일부로 받아들이기로 했다. 고통을 피하지 않고 함께 살아가는 법을 배워야만 했다. 호킨스는 고통의 에너지가 우리를 변화시키고 그것을 통해 우리가 성장한다고 말했다. 고통을 극복하려면 그것이 나에게 무엇을 가르쳐 주는지를 깨달아야 한다고 했다. 고통을 넘어서기 위해 내 안의 두려움을 직시하고 내가 무엇을 원하는지 진정으로 회복할 수 있을지 묻기 시작했다.

이제 나는 '누가 이기는지 해 보자, 인생아!'라는 결연한 다짐을 한다. 고통은 여전히 내 옆에 있지만, 지지 않겠다 말한다. 삶은 나에게 수많은 도전과 위기를 던지겠지만 그것을 두려워하지 않겠다. 삶의 큰 위기는 내게 단지 하나의 시험일 뿐. 그것을 어떻게 받아들이고 어떻게 대응하는지에 따라

달라질 수 있음을 잘 안다. 호킨스가 말했듯이, '모든 것은 내 안에서 시작된다.' 내 안의 평화를 회복하기 위해 매일 나를 돌아보고 내 마음을 정리하는 시간을 가졌다. 그 과정에서 스스로의 힘을 찾았다. 외부의 상황이나 사람들에 의해 좌지우지되는 삶이 아니라 나만의 강력한 에너지를 찾으며 살기로 결심했다.

시간이 흐르면서 점점 더 단단해짐을 느낀다. 고통을 지나 이제 더 이상 그 사건들에 크게 휘둘리지 않는다. 그때의 아픔이 나를 무너뜨린 것이 아니라는 사실도 받아들인다. 이제 고통 속에서 숨지 않고 직시하며 살아가고 있다. 고통은 더 이상 나를 짓누르는 짐이 아니라 단련시킨 무기이자 성장의 밑거름이 되었다. 고통 속에서 진정한 나를 찾고 '진짜 나'로서 살아가는 것이야말로 진정한 승리이다. 삶의 큰 사건에 다시 도전하며 계속해서 나아갈 것이다.

4장

너를 돌보며
발견한 나

① 자발적 선택의 보호자

병원에서의 하루는 시작과 끝이 없다. 눈을 뜨면 몸은 자동적으로 환자에게로 가고 체위 변경, 석션을 하면서 건강 상태를 살펴야 한다. 물 한 잔을 마실 여유조차 없는 하루가 이어지고 그런 아침을 담담하게 시작한다. 우울하거나 힘들다고 투정 부릴 여유가 없는 건 어쩌면 다행일까? 겨우 한숨을 돌리고 나면 또 다른 병실의 일들이 기다리고 있다. 돌봄의 시간이 길어질수록 보호자의 삶도 힘들고 어려운 것이 현실이다. 나에게 환자를 돌보는 일은 전문가들이 하는 것이라며 주변에서는 왜 전문 간병인을 쓰지 않느냐고 물어본 적이 있다.

"간병인을 쓰지 왜 힘들게 보호자가 하는 거야?"

지금부터 그 이유를 하나씩 나열해 보자면, 첫 번째로 환자의 의식 상태를 호전시키기 위한 것이었다. 중환자실에서 의식이 없는 채로 일반병실에 온 남편의 치료 목적은 의식을 회복하는 것이었다. 가족 간병을 하면 조금이라도 더 가까이 더 자주 친밀한 자극을 준다면 환자의 상태가 명료해지길 바라는 마음. 그것에서 시작하게 된 것이었다. 그 덕에 남편은 가끔 나의 목소리가 들리는 쪽으로 고개를 돌리기도 하는 단계로 시작해서 지금은 좋아하는 음악을 듣고 눈물로 감정 표현을 하는 상태까지 와 있다.

두 번째는 전문 간병인이라도 힘든 환자는 맡지 않으려고 한다. 남편의 체구는 보통의 여성이 감당하기는 힘들다. 그리고 중증 환자로 분류되어 있다. 콧줄, 소변줄, 기관지 절개술로 목관을 하고 있는 환자는 석션 외에 감염예방에도 주의해야 한다. 가족들은 어쩔 수 없이 하게 된다고 치자. 전문 간병인들도 같은 금액을 받는다면 어렵고 힘든 환자는 맡지 않으려고 한다. 언제가 전문 간병인 분들에게 남편을 돌봐줄 수 있느냐 물어본 적이 있었다. 돌아오는 대답은,

"남편분 상태로 봐서는 간병비를 더 많이 줘야 할 거예요."

혹은

"구하려면 구할 수는 있겠지만 같은 돈이면 쉬운 환자를 하려고 하지 힘든 환자는 잘 맡지 않으려고 할 거예요."라는 대답이 돌아왔다.

세 번째로 부정적인 돌봄 사례를 접한 것이다. 병원에는 전문 간병인과 보호자들이 섞여서 돌봄을 하고 있다. 각자의 사정은 다 있겠지만 가족이 돌볼 수 없는 상황에서 전문 간병인들이 남편과 비슷한 상황의 환자를 돌보게 된다. 부정적인 사례를 보니 간병비를 받고 근무하는 분이 의식이 없고 누워 있는 환자를 방치하거나 돌봄을 제대로 하지 않는 경우를 보았다. 모든 전문 간병인들이 그러하다는 생각은 절대 하지 않는다. 남편과 같은 환자들은 자신의 의사 표현이 전혀 되지 않기에 돌봄을 하는 분들에게 어떠한 요구도 할 수 없다. 그들의 돌봄에 전적으로 모든 걸 맡길 수밖에 없는 것이 현실이다. 전문가들이 환자를 돌보지 않고 그들의 의식주를 챙기는 것이 먼저인 실태를 보고는 도저히 맡길 수가 없었다. 심할 경우 환자가 잘못되는 사례도 있었다. 환자를 돌보아야 할 보호자임에도 불구하고 안타까운 일들은 가족 간병을 할 수밖에 없는 민낯을 그대로 반영되고 있다.

네 번째로 감당할 수 없는 간병비이다. 실제 전문 간병인에게 남편을 맡긴다면 24시간에 최소 15만 원을 지불해야 한다. 중증 환자는 상태에 따라서 추가 금액도 있다고 한다. 그 금액을 한 달로 계산한다면 450만 원이다. 회사에서 간병비 몫으로 제공되는 금액이 있다. 하지만 현실적으로 필요한 금액보다는 턱없이 부족한 금액이기에 큰 금액을 감당할 경제적 여유가 없다. 만약 우리가 사고 후 지금까지 전문 간병인을 고용하여 간병비를 지불했다면 '간병 파산'이라는 말처럼 아마 경제적인 비용을 해결할 수 없었을 것이다. 한 가지 바람이 있다면 재해를 입은 직원이 가족 돌봄에서도 현실적인 지원비를 받았으면 하는 것이다.

이러한 이유들로 인해 우리는 가족 간병을 어쩔 수 없이 선택해야만 했고 지금까지도 하고 있다. 남편의 상태에 따라 앞으로 얼마나 더 환자를 돌봐야 할지는 아무도 모른다. 보호자의 삶은 제대로 돌볼 수 없는 상태이다. 그럼에도 더던

걸음이지만 환자는 조금씩 회복을 보이고 있다. 그 힘으로 우린 가족이라는 이름 아래 각자도생하며 지금을 버티는 중이다. 남편의 재활을 기다리며 가끔 생각한다. 신이 있다면 지금 여기서 더 힘든 상황은 부디 우리를 비켜 지나기를….

2

나는 너를 사랑하는 걸까?

남편이 아픈 뒤, 안팎으로 돌보는 일은 어느새 일이 되어 있었다. 시간이 지날수록 몸과 마음의 에너지는 고갈되어 감이 느껴졌지만 남편을 돌보는 일은 내가 해야 할 일이라 생각했다. 어쩌면 당연한 일이라 받아들였다. 왜 해야 하는 이유조차 찾을 시간은 없었다. 굳이 찾아본다면 내 남편이니까.

병원 밖으로 나와 쉬던 날, 오랜만에 친구들을 만났다.
수척해진 나를 보며 친구들이 물었다.
"힘들지 않아? 얼굴이 안 좋아 보인다."
"힘들지, 잠을 제대로 못 자는 게 가장 힘들어." 나는 말했다.

"어떻게 그렇게 계속 간병을 할 수가 있어? 나라면 못 할 것 같아." 친구들이 말했다.

"그냥 하는 거지. 이유가 있나?" 나는 담담하게 말했다.

한 친구가 물었다.

"그렇게 힘든데 계속 간병할 수 있는 이유가 뭐야? 사랑인 거야?"

순간 나는 "사랑이 뭐지?"라고 되물었다.

'나는 남편을 사랑하는 걸까?' 그리고는 스스로에게도 질문을 던져보았다.

짧은 순간 스스로에게 정답이라고 정의를 내릴 순 없었다. 그 순간 마음속에서의 일렁임은 이게 사랑일 수도 있겠구나 하는 생각이 들었다. 남편을 죽도록 사랑해서 한 결혼이라곤 말할 순 없다. 서로에 대한 믿음과 사랑이 있었기에 지금 우리가 있는 것이다. 결혼식을 준비하면서 혼인서약서를 함께 작성했다. 두 사람이 만들어 갈 결혼 생활을 그려보았다. 거의 일주일간 고민했고 서로가 서로에게 하는 약속을 기록하며 다짐했다.

나는 네 가지를 약속했다. 그중 한 가지는 '앞으로 함께하는 모든 시간을 당신이 성장할 수 있도록 든든한 울타리가 되어 줄 수 있는 아내가 되겠습니다.' 남편의 울타리가 되어주고 싶었다. 지금까지 남편은 누군가의 울타리 속에 살았다기보다 자신이 울타리로 살아야 했다. 우리가 만들어가는 가정에서만큼은 남편의 존재 자체만으로도 울타리가 되어주고 싶었다. 서로에게 울타리가 되어 주기로 했다.

우리가 다짐한 사랑의 방식은 남녀가 주고받는 좋아함 이상의 감정이랑은 달랐다. 나는 원 가족에게도 받지 못한 이해와 사랑을 남편에게 받았다. 내가 생각하는 사랑은 있는 그대로 상대의 모습을 인정해주는 것이라고 생각한다. 그것을 바탕으로 존중과 배려가 있다면 더할 나위 없는 사랑의 모습이라고 정의 내렸다.

임용고시 2차 시험에 떨어졌을 때 나의 자존감은 바닥을 쳤다. 아무것도 하기 싫었고, 할 의욕도 없었으며 할 수 없는 상태였다. 1년 내내 아낌없는 지원과 지지를 해 준 남편에게도 너무 미안해서 아무 말도 할 수가 없었다. 그때 남편은 나에게 이렇게 말했다.

"시험 떨어졌다고 해서 인생이 끝난 건 아니야. 난 네가 누구보다 열심히 한 것을 봐왔잖아. 털어버리고 하고 싶은 거 마음껏 해."라고 말했다. 살면서 처음 들어본 말이었다.

자유의지를 가진 인간이었지만 사회적으로 짊어지고 있는 짐과 부여받은 역할의 무게에 힘들어하던 나였다. 그런 나에게 뭐든 하고 싶은 대로 하라는 말은 부모님에게서도 듣지 못한 말이었다. 그렇게 나는 일어설 용기를 낼 수 있었다. 세상에 나를 믿어주는 단 사람이 있다는 것만으로도 위안이 되는 경험을 처음 했다. '나 이렇게 사랑받는 존재구나. 모든 것이 그냥 괜찮구나.' 나 스스로에 대한 믿음을 찾게 되는 순간이었다. 그렇기에 나도 남편에게 그런 존재가 되어야겠다고 다짐했다. 이 사고가 나의 다짐을 더 단단하게 만들어 주었다.

앞이 보이지 않는 현실과 절망만 바라보는 선택을 하지 않겠다. 지금 우리 앞에 있는 상황을 있는 그대로 바라보고 할 수 있는 것에 초점을 두어야겠다고 다짐한다. 혼인 서약에서 다짐했던 남편에게 울타리가 되어 주고 있는 그대로의 모습을 인정해주는 것. 그것이 내가 상대에게 줄 수 있는 사랑의

모습이다. 누군가 지금을 버티고 있는 이유를 묻는다면 내가
받았던 사랑을 그대로 주고 있는 것뿐이라고 말하고 싶다.
이제 남편에게 받은 사랑을 내가 되돌려 주고 싶다.

내가 미치도록 안쓰러워

병원에서 돌봄을 하고 나온 날이면 무기력의 상태가 된다. 일주일간 쉬지 않고 24시간을 편하게 쉼 없이 달려온 시간을 보상이라도 받듯이. 아무것도 하기 싫지만, 무엇도 할 수 있는 에너지가 생기지 않는다. 그럼에도 해야 할 일이 생기면 생활 영역을 억지로 넓혀보기도 한다. 외출해야 하는 어느 날 샤워 후 거울 속 나를 한참 들여다보았다. 어떠한 모습보다 무표정한 얼굴로 한 곳을 초점 없이 응시하고 있는 모습에 시선이 갔다. 내가 나를 바라보고 있음에도 '나'임을 부정하고 싶은 마음이 올라왔다.

'저 표정 없이 서 있는 사람은 내가 아니야. 누구니 너?'라고 말했다. 분명 내 모습인데 스스로가 생각하는 내 모습이 아니라고 소리치고 있었다. 더 이상 바라볼 수 없어 시선을 옮기며 뒤로 돌아서는데 눈물이 터져 나왔다. 내가 미치도록 안쓰럽다는 마음이 엄습했다. 소리 없는 눈물은 멈출 수가 없었다. 타인에게서 느끼는 연민의 감정과는 다른 무언가가 있었다. 나에 대한 연민일까? 자기연민의 감정 같은 것이었다.

도대체 어디서부터 잘못된 것일까? 흐르는 눈물을 닦으며 마음을 진정시켜서 나를 되돌아본다. 돌보는 생활이 이어질수록 얼굴에 핏기도 없고 웃음은 사라졌다. 움직임의 반경은 무거운 남편을 움직이는 데에만 몸을 쓰기에도 부족한 에너지였다. 매일 쓰던 일기장에 비어 가는 날이 늘어갈수록 내 마음의 무게도 늘어갔다. 서서히 몸과 마음의 방향은 갈 곳을 잃어갔다. 길을 잃을 그즈음, 다시 호흡을 가다듬고 낯선 감정과 마주한다.

자신을 불쌍하게 여기며 불행과 우울함에 빠져 있는 사람을 '자기연민이 심하다.'라고 한다. 짧게 말하면 자기 자신을 불쌍하게 여기는 마음이라고 알고 있다. 내가 나를 보는데 너무 불쌍하게 보였다. 처음 느껴보는 감정 앞에서 마음은 완전히 무너졌다. 가끔 나를 미워하거나 비난하는 목소리는 들렸지만 스스로를 불쌍하게 여기는 마음은 낯설었기 때문이다. 갑자기 자기연민이라는 단어의 정확한 의미를 알고 싶어 인터넷을 열어보았다. 정의를 찾아보자면 '나를 위한 가장 따뜻한 이해'라고 되어 있다. 자기연민은 약점이나 나약함을 의미하지 않는다. 오히려, 자신을 이해하고 돌볼 수 있는 사람만이 다른 사람을 더욱 온전히 사랑할 수 있다. 자기연민은 자존감을 키우고, 스트레스를 완화한다. 회복탄력성을 강화하는 중요한 요소로 작용하기도 한다. 단어에 대한 부정성에 초점을 두고 찾아본 글에서 뜻밖의 긍정성을 발견하고 생각을 전환해보았다.

자기연민은 자신의 건강과 행복을 바라는 마음과 연결되어 있다. 힘든 상황을 개선하기 위한 적극적인 행동을 이끌어낸다고 한다. 타인의 판단과 평가에 영향을 받는 자존감보다 자기연민이 더 안정적이고 실패와 고통 상황에서 잘 견디게 해준다고 했다. 정서적 회복력을 증가시키고 우리의 건강, 행복, 그리고 생산성도 향상하기도 한다. 또한 실수하거나 실패한 사건을 교훈으로 삼아 배움의 기회도 제공한다.

자기연민은 곧 나 자신을 돌보는 마음이다. 자신의 실수를 용서할 줄 알고 스스로를 믿고 지지한다는 의미로 확장되어 스스로를 돌보고 지키기 위한 의도적인 노력을 하는 것이다.

이 글을 만나고 안쓰러운 마음을 가다듬어본다. 그래, 스스로 충분히 안쓰러워하고 안아주자. 나만이 할 수 있는 일이다. 비판 대신 위로와 이해를 주는 것이다. 나에게 따뜻한 친구가 되어 주고 싶다는 생각이 들었다. '괜찮아. 괜찮아질 거야.' 인간은 누구나 완벽하지 않다. 실패나 고통은 피할 수 없는 경험이라는 사실을 인식하는 것이다. 스스로 느끼는 고통을 숨기지 말고 잘 지나갈 거라고 믿어본다. 소중한 지금의 감정을 억누르지 말고, 있는 그대로 느끼면서 그것이 나의 전부가 아님을 알아차리는 것이다. 문득, 세상에서 가장 오래도록 함께할 사람은 다름 아닌 '나'인 것을. 완벽하지는 않지만 나 자신을 따뜻하게 안아주고 싶다.

4

네 인생일까?
내 인생일까?

.

"이제 남편 간병 그만하고 새댁 인생 살아야지."

　남편을 돌보던 날의 연속이었다. 재활 시간에 맞춰 내려와야 하는 일정 속에 에너지를 온통 환자에게 쏟고 내려온 흔적 탓이었을까. 한껏 피곤해 보이는 얼굴을 마스크 속에 가렸다고 생각했는데 어떤 보호자 한 분이 다가와 나에게 건네던 말이었다. 그 순간 힘든 내 마음을 들킨 것 같아 멋쩍게 웃으며 대답했다.

　"이것도 제 인생인데요. 제가 선택했어요."라며 힘든 마음을 숨기려고 나도 모르게 뱉은 말이었다. 누군가가 위로한답시고 하는 말에 휘둘리기 싫었다. 대화 속에서 맞장구를 친다면 내 신세를 탓하거나 비련의 여주인공쯤 되어 버린 듯 감정을 쏟아내겠지? 그렇게 돌아오는 것은 결국 누군가라도 원망해야 감정을 거둘 수 있는 지경에 이른다. 누군가가 나를 걱정하는 마음은 감사하게 받겠지만 그 이상은 허용하고 싶지 않다. 스스로 뱉은 말이 하루 종일 귓가에 맴돌며 정말 내 인생이 맞나 스스로에게 질문을 던져보았다.

나의 직업은 특수교사이다. 사람들은 힘든 일을 한다고, 좋은 일을 한다며 각자만의 언어로 칭찬과 위로를 건넨다. 처음부터 특수교사를 선택한 것은 아니었다. 보통의 아이들을 가르치다가 진로를 변경한 것이다. 처음에는 몸과 마음이 아픈 아이들을 돌보며 교육을 통해 돕고 싶었다. 특수교사를 선택한 이유 중 하나이기도 하다. 공부를 하고 현장에서 아이들을 만나면서 많은 일들이 있었다. 성인 체구의 학생에게 맞아 쓰러져 응급실에 가게 된 위험한 상황부터 걷지 못하던 아이가 내 손을 잡고 걸으며 감동하던 일까지…. 내가 이 직업을 지속할 수 있었던 것은 다름 아닌 내가 아이들을 돌봄으로 인해서 얻는 것들이 더 많았기 때문이다. 아이들은 저마다의 속도로 조금씩 천천히 성장하고 있었다. 영광스럽게도 그 과정 속에 나는 아이들과 함께 성장했다.

또 아이러니하게도 남편을 돌보게 된 것이 일상이 되고 있다. 스스로 선택하고 싶지 않았던 삶이라고 생각했지만 현실이 되었다. 서툴게 시작한 돌봄 속에 지금은 남편의 손짓 하나가 무엇을 말하는지 의사보다 더 잘 알게 되었다. 그런 지금을 받아들인다. 회복할 수 없을지도 모른다고 말한 상태와는 다르게 남편은 호전되고 있다. 물론 사람들이 보는 호전과는 다를 수 있지만 나는 안다. 남편도 자신만의 속도로 천천히 회복하고 있었다는 것을. 힘듦만 있다고 생각했던 순간이 있었다. 밤낮없이 돌봄이 지속되던 가운데 누워만 있던 남편의 엉덩이를 괴롭히던 욕창이 완치되었다. 성형외과 의사와 간호사들이 인정해 주던 보호자의 노고에 괜히 눈물이 났다.

생명의 위기 순간 기관지 절개술을 했던 목관 속에서 희미하게 나던 남편의 목소리를 듣던 순간도 잊지 못한다. 치료 선생님들과 재활 기구의 도움으로 두 발로 서던 날의 기쁨 속에서 희망을 발견했다. 감사한 순간들이 복리처럼 쌓여

가고 있다. 그거면 된 것이다. 지금 우리 둘의 시간 속에서는 네 인생이 곧 내 인생이 되는 것이다. 사고가 아니었더라도 우린 그렇게 살았을 것이다. 남편이 잘 되는 것이 내가 잘 되는 것이고 내가 잘 되는 것이 곧 남편을 살리는 일이기도 하기 때문이다.

누군가를 돌보는 일. 생각해 보면 우리는 태어나서 누군가의 돌봄을 통해 독립적인 인간으로 성장할 수 있다. 생각보다 긴 시간을 보호자라고 일컫는 대상에게 돌봄의 환경 속에서 양육된다. 상황에 따라서는 성인이 되기도 전에 누군가를 돌보는 주체가 되기도 한다. 나 역시도 남편을 돌보고 있지만 나이가 들어서는 누군가의 돌봄이 필요한 사람이 될 수도 있다. 서로가 서로에게 주어지는 역할을 바꾸어 맡을 뿐이다. 누구에게나 돌봄의 문제는 자유로울 수 없다. 어떠한 방식으로든 우리 삶에 미치는 영향을 생각했을 때 서로가 함께해야 하는 것이다. 편 가르기를 하듯 네 것과 내 것으로 구분할 수 없는 영역임을 잊지 말아야 하겠다.

5

천천히 오고 있는 중입니다

    평범했던 어느 날, 모든 것이 변해버렸다. 원하지는 않았지만 사고는 일어났다. 사고가 나던 날은 TV 뉴스에 반복적으로 사고 소식을 전해주었다. 사람들은 나에게 물었다. 어떻게 사고가 났냐고 말이다. 사고 경위를 묻는 질문이라고 생각했다. 그럼에도 대답을 해야 했기에 꺼내고 싶지 않은 감정들을 마주하며 오히려 더 차분하게 말했다.

    "근무하던 직장에서 안전사고가 났어요. 그곳에서 쓰러진 사람을 구하러 남편이 들어가서 사고가 났어요." 앵무새처럼 반복적으로 거친 호흡을 내뱉으며 입 밖으로 말을 내뱉는다. 그렇다고 후련해지는 것은 아니다. 오히려 켜켜이 감정들이 쌓여 눈물이 되어 돌아올 때도 있다. 그러던 중 이번엔 다른 질문을 받았다.

"왜 사고가 났어요?" 순간 말문이 막혔다. 몇 초간의 침묵
이 흐른 뒤 반사적으로 대답했다.

"저도 잘 모르겠어요." 정말이지 잘 모르겠어서 하는 말이
다. 나라고 이 질문을 왜 던져보지 않았을까? 남편의 의식이
돌아오면 가장 먼저 묻고 싶은 말이다.

"당신 거기 왜 들어갔어?"라고 말이다.

너무나 알고 싶었고 궁금했다. 원망의 마음을 가득 담아
등짝이라도 한 대 때려주고 싶은 마음이 가득하다. 하지만
그럴 수가 없다. 질문에 대답할 수 있는 당사자는 정작 자신
의 모습을 잃어버린 채 침상에 2년째 누워 있다. 나의 질문을
듣기는 하겠지만 대답할 수 없는 상태이다. 신이 있다면 이
럴 수 없다고 생각했다. 자신이 위험에 처할 수도 있는 상황
에서 바보같이 그런 선택을 한 사람의 변명이라도 들어보고
싶었다.

매일 같이 남편을 돌보며 끝나지 않을 것 같은 하루가 지

속된다. 가장 마주하기 힘들었던 것은 남편과 소통이 되지 않는 것이었다. 눈 맞춤조차 힘든 남편을 바라보는 것이다. 지금 나에게 일어난 일들은 나의 삶이다. 그래, 일어날 일은 어떻게든 일어났다고 하자. 사고의 원인으로 보아 지금의 남편은 스스로 움직일 수도 없다. 다 받아들일 수 있다고 치자. 딱 한 가지 받아들일 수 없다고 부정하고 싶은 사실이 있다. 바로 남편과 주고받을 수 없는 눈빛이었다. 의사들도 고쳐줄 수 없다는 사람이 가지는 눈빛. 매일 아침 눈을 뜨면 잠이 덜 깬 상태에서 남편의 눈빛부터 바라보았다.

현실은 남편의 눈빛을 보며 건강 상태부터 확인하는 것이 하루 일과의 시작이다. "잘 잤어?"라고 질문을 한다. 하지만 내 마음속 질문은 '오늘은 내 눈을 바라봐 줄 거야?'로 시작한다. 그 질문에 대한 대답을 찾을 때까지 이어지는 고통은 내 몫이었다. 말 그대로 기약 없는 기다림이다. 고통에서 해방되는 유일한 방법은 그 모습 또한 받아들이는 것이다. 상대의 모습을 있는 그대로 봐 주는 것이 내가 생각하는 사랑의 모습이다. 내가 남편을 사랑한다면 어떠한 것도 인정하고 상대를 바라봐주어야 한다.

고통과 기다림을 마주하는 시간이 어느덧 2년이 지나고 있다. 이제는 매일 남편을 마주하는 시간 속에 다름을 발견하는 재미도 있다. 다행인지 남편의 눈빛은 조금씩 예전의 빛나던 모습을 찾아가고 있다. 내가 원하던 예전의 눈빛을 가지지 않았다고 해서 남편이 그 자리에 계속 머물러 있지는 않았다. 자기만의 속도로 천천히 나에게 오고 있는 중인 것은 분명하다. 언제 어디까지 올지는 아무도 알 수가 없겠지만 지금 가장 중요한 것은 내 옆에 존재하고 우리 곁으로 오고 있다는 사실이다. 현실을 받아들임은 단순히 현실에 굴복하는 것이 아니라, 그 현실 속에서도 의미를 찾아가는 과정임을 알게 되었다.

어떤 사람들은 나를 보며 안쓰러운 눈빛을 보낸다. "힘들지 않아요?"라는 질문이 가장 흔한 위로다. 웃으며 답한다. "힘들지만, 해야죠." 그리고 마음속으로 생각한다. 이 또한 내가 선택한 삶이다. 다른 누구의 삶이 아니라 내가 살아내야 할 유일한 삶.

남편과 함께하는 오늘 하루. 그의 표정 하나, 그의 곁에서 잠시 쉬어가는 순간 모두가 삶이다. 병실과 휠체어는 새로운 일상의 중심이 되어준다. 나는 그 곁에서 힘을 내어 내일을 준비한다. 삶은 우리가 통제할 수 없는 수많은 일로 가득 차 있다. 하지만 그 속에서 나만의 길을 찾아가는 것, 자체가 삶의 의미라고 믿는다. 매일 스스로에게 다짐한다. '이 또한 나의 삶이라지만, 나는 이 삶을 살아갈 것이다.'

이제 나를 챙깁니다

사고가 있기 직전, 나는 남편과 2세를 준비하고 있었다. 늦은 나이에 결혼을 한 우리였다. 아이는 한 명 낳아서 키워보자고 남편과 합의를 했다. 결혼을 생각하지 않던 내가 결혼까지 하고 임신을 결정하기까지는 남편이 존재했기 때문이었다. 결혼과 임신 그리고 출산을 넘어 한 아이를 키워낸다는 것은 혼자서 절대 불가능한 일임을. 일찍 결혼한 친구들과 동생이 하는 육아의 과정을 직간접적으로 경험한 나였다. 직업 또한 아이들을 돌보는 일이었지만 내가 직접 한 아이를 키워낸다는 일에 대한 두려움은 마음 한편에 자리 잡고 있었다. 누군가를 돌보는 일은 생각만큼 쉬운 일은 절대 아니다. 그럼에도 남편이 있었기에 두렵지 않았다. 사소한 것 하나도 함께 의논할 수 있고, 이 모든 과정 안에서 만날 힘듦을 공유할 수 있다는 믿음이 있었다. 용기를 냈고 실천에 옮겼다. 노산이라 임신이 어렵지는 않을까 하는 마음에 난임 병원에서 검진부터 받았다. 다행히 둘 다 신체적으론 건강했다. 자연임신을 시도하다가 더 늦어지면 어려울지도 모를 것 같아 의사 선생님의 권유로 인공수정 시술을 받았다.

"나, 임신 안 되면 어쩌지?" 결과를 기다리며 초조해하던 내가 남편에게 말했다.

"안 되면 시험관도 있고, 그리고 안 돼도 괜찮아. 우리 둘이 잘 살면 되지."

마음에 없는 말일지라도 따뜻하게 말해주는 남편이 고마웠다.

"지금은 무조건 네 몸부터 챙기면서 돌보자. 임신을 떠나서 몸이 건강해야 뭐든 할 수 있어." 그런 남편의 말에 일을 쉬고 나의 몸부터 돌보기로 한다.

추운 겨울이 지나고 내 몸을 움직이기 시작했다. 같이 자주 가던 산을 가는 것으로 의지를 내보았다. 산에 올라가서 인증 샷을 남편에게 보냈다. 남편은 응원과 격려를 아끼지 않았다. 어린아이가 칭찬을 들으면 행동을 더 열심히 하듯이, 그것이 시작이 되어 동기부여가 되더니 어느새 나는 매일 산을 오르고 있었다. 그렇게 여름이 오기 전까지 산을 올랐다. 더운 여름이 시작되면서 실내 운동으로 바꾸어 요가를 시작했다. 나에게 요가는 떼려야 뗄 수 없는 애정하는 운동이었다. 여러 가지 사정으로 지속하지는 못했지만 엄마와 함께 요가를 하기도 했고 새벽반 수련을 참여하기도 한 경험이 있었다. 사람에 따라 다르겠지만 요가를 하고 나서의 뿌듯함은 이루 말할 수가 없다. 주중 세 번을 수련하고 주말엔 특별수련을 갈 만큼 요가에 빠져서 나를 돌보는 일에 진심이었다. 그러던 중 사고가 난 것이다. 그 후로 나의 건강을 위한 모든 행위들은 중단되었다.

남편은 병원에 가는 일이 드물 만큼 건강한 체질이었다. 주중엔 달리기를 했고 철인경기에도 도전했다. 일 년의 서너 번 마라톤 대회도 나갔었다. 이 사고로 남편은 하루아침에 와상환자가 되었고 누군가의 도움 없이는 아무것도 할 수 없는 사람이 되어 버린 것이다. 나를 돌보는 일에서 너를 돌보는 일에 진심이 되어 버린 상황. 아무 준비도, 예고도 없이 일어난 일에 모든 걸 쏟을 수밖에 없었다. 세수하기부터 기저귀를 갈고 옷을 갈아입히고 양치질까지…. 아마도 우리에게 사고 대신 아이가 생겨 태어났다면 이 모든 걸 아이를 위해 해야 하지 않았을까? 그런데 갓난아이가 아닌 남편을 돌보는 일이라니. 40대에 신생아가 되어 버린 남편을 마주하는 일만 해도 하늘이 무너질 것 같은 심정이다. 그런 남편을 24시간 마주하면서 돌보는 일은 몸과 마음의 에너지 소모가 엄청난 일이었다. 내 몸을 움직여야 남편을 움직일 수 있으니 신체적인 소모는 매일 한계치를 찍었다. 밑 빠진 에너지에 물을 붓는 상태였다. 봄부터 나를 돌보는 일로 채웠던 에너지는 순식간에 바닥이 났다. 신체뿐만 아니라 반응 없는 남편을 마주하며 혼자 웃고 떠들며 자극을 주면서 지금 뭐하고 있나 하는 자괴감도 느꼈다. 시간이 지날수록 스스로가 무너져감을 느꼈고, 좌절의 연속이었다. 돌봄에 익숙하지 않았을 때에는 마음의 힘듦을 느낄 틈이 없다. 하지만 몸의 움직임이 익숙해지면서 마음에선 작은 목소리들이 아우성을 쳤다.

'너 지금 괜찮지 않아. 너의 몸과 마음을 돌봐야 해.'

그럴 때마다 죄책감은 고개를 들었다. 나를 돌봐야 한다는 것도 머리로는 알겠는데 행동으로 옮길 수가 없었다. 정신없는 하루에 잠시 쉼표를 찍는 순간은 남편이 잠드는 순간이다. 맞은 편 보호자 침대에 기대어 생각을 한다. 부디 오늘 밤 무탈하게 지나가게 해 달라고 말이다. 지금 여기서 할 수 있는 단 한 가지가 있다. 하루 종일 고생한, 괜찮지 않은 나의 몸과 마음에 귀를 기울이며 미안하다고 말해주는 것이다. 마침표가 아닌 쉼표를 찍는 순간이지만 나에겐 소중한 순간이다.

죽고 싶지만
한번은 행복하고 싶어

내 나이 서른이 되던 해. 서른이라는 이름에 나를 가두지 않았다. 생각해 보면 오히려 어른이 된 것 같은 으쓱한 기분에 취해 앞만 보고 다시 달려갈 생각뿐이었다. 특수교사가 되기 위해 다시 대학원에 진학한 것이다. 시집가라는 아빠의 말씀을 뒤로 하고 공부를 시작하면서 스스로에게 한 다짐이 있었다. 누구에게도 부끄럽지 않게 '내가 원하는 바'를 이루며 한 걸음씩 나아가겠다고. 하지만 삶은 쉽지만은 않았다. 이성을 만나는 일에는 사랑만이 전부가 아니었고, 특수교사가 되었지만 낯선 타지에서의 생활에 고충들이 하나씩 나타났다.

몹쓸 자존심으로 힘들다는 내색 한 번 못했다. 호기롭게 시작했던 독립생활은 부모님의 걱정과 함께 마침표를 찍고 본가로 돌아오게 되었다. 좌절되었던 순간들이 생길 때마다 견딜 수 있었던 건 어딘가에 있을 행복을 찾고 싶어서였다. 살다 보면 만날 수 있을 거란 생각에 흔히 말하는 존버 정신으로 버텨온 것이다. 내 곁엔 따뜻한 친구들과 사람들이 있었고 언제나 돌아가도 품어줄 가족들이 옆에 있다는 믿음이 있었기 때문이다.

하지 않을 것 같은 결혼을 30대 끝자락에 하게 되었다. 그렇게 인생의 전환기를 맞게 된다. 남편과 나는 동갑이고 마흔을 멋지게 맞이하며 부부이자 인생의 동지로서 결의를 다졌다. 흔히 불혹이라고 불리는 40대를 시작한 것이다. 공자는 『논어』「위정」편에서 나이 마흔을 불혹이라 하였다. 세상일에 정신을 빼앗겨 갈팡질팡하거나 판단을 흐리는 일이 없게 되었음을 뜻하는 말이다. 어떠한 일에도 흔들리지 않는 상태이다. 나에게는 남편과의 결의가 무색할 정도로 인생 전체가 흔들리는 일이 생겼다. 어딘가에 있을 행복을 찾는 일은 더 이상 사치가 된 것 같았다.

인생의 동지를 약속했던 남편의 뜻하지 않는 사고와 엄마
와의 이별은 내 인생을 벼랑 끝으로 몰고 있는 것 같았다. 세
상에 버려진 느낌은 유쾌하지 않다. 엉켜있는 생각들을 정리
하고자 나에게 질문을 던져보지만, '그동안 열심히 살아온 결
과가 고작 이거였어?'라는 결론이 내려질 때마다 인생의 마
침표를 찍어버리고 싶은 충동에 휩싸이기도 했다. 더 웃긴
건 마침표를 찍을 만큼의 용기도 나에겐 없었다. 엄마의 빈
자리로 시린 가슴을 남편을 돌보는 일로 채웠다. 그저 하루
하루 버티는 것도 버거웠다. 따뜻한 친구들과 주변 사람들도
각자의 자리에서 삶을 유지하기 바빴다. 가족의 품으로 돌
아갈 수 있지만 가장 가까운 사람들의 부재가 느껴질 때마다
슬픔의 크기는 무엇과도 비교할 수 없었다.

남편을 돌보던 평범한 날이었다. 병동과 재활실을 오가며
정신없이 하루를 보내다 보면 감정 따위는 사치라고 느껴지
던 날이 있다. 매일 보던 나이 드신 부부의 모습이 내 눈에
들어왔다. 재활실의 환자는 대부분 남자분인데 그 부부는 아
내 분이 환자이고 남편 분이 간병을 하고 계신다. 아내 분의
손을 잡고 걷기 연습을 하고 계셨다. 살포시 잡은 손 아래로

발걸음을 맞추며 함께 걸어주시는 모습에서 왈칵 눈물이 쏟아졌다.

처음 느낀 감정은 부러움이었다. '우리 남편도 저렇게 걸었으면 좋겠다.' 하는 마음에서 시작된 감정 말이다. 그 감정은 곧 '아, 저 모습이 기적이지. 저게 행복이지.'라는 탄식으로 바뀌었다. 두 부부의 모습이 남편보다 건강해서도 아닌 서로 맞잡은 손에서 느껴지는 존재에 대한 감사였다. 서로가 존재해야지만 맞잡을 수 있는 손. 어떠한 모습을 하고 있을지라도 지금 살아있음에 대한 행복이었다.

재활을 마치고 올라오는 길에 남편의 손을 잡아보았다. 아직은 힘주어 내 손을 잡아주진 못하지만 남편의 온기가 느껴질 때면 우리가 다졌던 결의를 새겨본다. 처음 남편과 손을 잡던 날을 잊지 못한다. 그때의 따스함은 나에게 형언할 수 없는 온도를 느끼게 해주었다. 어떠한 일에도 흔들리지 않을 용기를 전해주었다. 그 손을 잡고 여기까지 온 우리가 있음을 잊지 말아야겠다 다짐한다.

행복은 어딘가에 있다고 믿었다. 지금 당장은 찾을 수 없으며 언젠가 찾을 수 있을 것이라는 막연한 믿음으로 과거를 부정하고 외면했다. 나의 사부님은 행복은 찾는 것이 아니라 발견하는 것이라고 하셨다. 오늘은 자고 있는 남편의 손을 다시 잡아본다. 행복은 언제나 내 옆에 있음을. 외부의 어떠한 일들로 흔들릴 때마다 이 손을 잡고 내 중심을 잡아야겠다고 스스로를 다독여준다. 행복은 내가 만들어가는 것. 그 시작은 바로 지금, 이곳에서. 당신은 지금 삶에서 행복을 발견하고 있는가?

너를 돌보듯
나를 돌본다

와상의 사지마비 환자를 돌보는 일. 24시간이 부족하다는 말로도 모자라지 않다. 하루아침에 신생아가 되어 버린 남편을 돌보는 일은 몸과 마음의 많은 에너지가 필요한 일이다. 사람이 매일 쓸 수 있는 에너지가 10이라면 실제 내가 쓰고 있는 에너지는 15쯤 되었다. 없는 에너지를 밑바닥부터 끌어서 뽑아야 하는 지경이다. 물론 돌보는 일이 쉽진 않지만 갈수록 더 버거운 이유를 찾아보고 싶었다. 굳이 찾으라고 한다면 신체적으로는 갑상선 기능 저하증을 앓고 있기도 했다.

일명 부자병이라고 하는 갑상선 질환에 대해 비유한 글을 본 적이 있다. 거친 광야에서 살아갈 수 없고 늘 따뜻하고 조용한 온실 같은 환경에서 조심하며 살아가야 한다고 한다.

또한 심리적으로도 큰 충격이나 큰 스트레스를 받지 않아야한다. 너무 신경이 많이 쓰이는 환경이나 인간관계나 또 일자리는 피하는 것이 좋다. 적당한 활동 범위 내에서 살면서 항상 과로나 피로를 느끼지 않고 활동하고 일하며 살아야 한다. 과로는 금물이다. 갑상선 환자들은 늘 자기 몸을 아끼면서 살아가야 한다고 했다. 글은 글일 뿐, 지금 나의 처지와는 맞지 않는다며 짜증 섞인 불만을 토로해보지만 받아주는 이와 바뀌는 현실은 없다. 누구를 탓하거나 원망하고 싶은 마음도 거둔다. 할 수 있는 것들을 허용하는 범위에서 극복해 나가야 하는 것뿐이라는 것을 이젠 안다.

스스로를 돌보아야겠다고 다짐을 한 건 남편을 돌보기 시작한 지 1년이 지난 시점이었다. 나를 챙겨주던 남편의 빈자리가 커가면서 내 삶이 고갈되어 감이 느껴지던 때였다. 자존감을 바닥을 치며 끝이 어딘지 찾을 수 없을 만큼의 상태였다. 무거운 몸을 기대 주기적으로 올라오는 세바시 영상을 보게 되었다. 어떤 여배우가 자존감을 높이는 방법에 대해서 이야기하는 내용이었다. 영혼 없이 보던 중 내용에 점점 빠져들어 자세를 고쳐 앉고 메모를 하기 시작했다.

첫 번째는 내가 나를 키우는 엄마적 사고를 하는 것이다. 내가 엄마라고 생각하면 내가 나를 잘 먹이고, 잘 씻기고, 잘 돌보고, 잘 보호하게 된다. 엄마가 나에게 베풀었던 따뜻한 마음들을 되돌아보게 된다. 선택을 할 때도 명확해진다. 왜 냐하면 내가 소중하니까. 나에게 인정받기 위해 노력을 해야 한다는 것이다.

두 번째는 과학자적인 사고를 하는 것이다. 실패는 없고 시도만 있다. 첫 번째 시도, 두 번째 시도, 백 번째 시도…. 그렇게 시도해야 내가 뭘 좋아하는지 잘하는지 알 수 있다.

세 번째 나의 꾸준함을 믿고 경계에 두지 않는 것이다. 자 신을 롤 모델로 삼기로 한다. 내가 잘나서가 아니라 성장해 가는 나를 롤 모델로 삼기. 어제보다 1% 나아지면 스스로에 게 만족한다. 충분히 아파하고, 충분히 고통을 느끼고, 그 과 정에서 성장해 가는 자신을 사랑하게 된다. 스스로 품위를 지키고 나를 존중하는 마음이자 자신에게 주는 의무이다. 나 를 잘 고치고 언제나 내 편이 되어준다. 스스로를 잘 돌보아 주자는 말이었다. 숱한 책과 영상을 접하면서 나를 사랑하는 방법에 대해서 들어왔지만 가슴 한구석에 울림이 있는 말이었다. '그래, 거창한 거 없다. 지금 여기에서 바로 할 수 있는 것들부터 해보자.'라고 마음먹게 되었다.

우선, 남편을 돌보고 집으로 돌아오면 집안을 다시 깔끔하게 정돈을 하고 편안하게 쉴 수 있는 공간을 확보한다. 자다가 깨더라도 숙면을 취할 수 있는 환경을 만드는 것이다. 아로마향과 무드등으로 에너지를 정리하고 명상을 한다. 차 한 잔이 더해진다면 말할 수 없는 평온함을 누릴 수 있다. 가족들과 함께 식사도 하고 짧은 거리로 드라이브를 하며 계절의 변화도 만나본다. 병원에선 자주 거르던 식사도 꼬박꼬박 잘 챙겨 먹는다. 나의 일상을 지키던 루틴이 있다. 책도 읽고 일기도 쓰면서 마음을 다듬는 내면을 채우는 시간이다.

돌봄 생활이 길어지면서 책은커녕 일기장의 빈 공간이 늘어남에 따라 스스로에게 화를 내고 있기도 했다. 나를 갉아먹는 사고는 멈추고 방법을 찾아 나만의 흐름을 만든다. 남편 재활 시간에 병원 밖에서 기다리며 습관적으로 보던 영상들을 끄고 전자책 어플을 깔았다. 보고 싶은 책들을 다운받아두고 손에 닿을 때마다 읽기 시작했다. 일기 또한 핸드폰에 기록해 보았다. 운동할 시간 없다는 핑계보다 건물 계단을 오르거나 늦은 밤 병원 밖을 산책하면서 몸의 움직임을 늘려갔다. 조금씩 복리처럼 쌓이는 일상의 루틴들을 지킬 때마다 내가 기특해지기 시작했다. 무엇이 되어야겠다는 생각보다 과정에서 만나는 느낌이 꺼져가는 촛불을 다시 살리는 느낌이었다.

돌봄은 단순히 물리적인 노동이 아니다. 환자의 표정 하나, 눈빛 하나에서 위안을 찾으며 나 역시 스스로를 돌본다. 가끔은 힘들고 지칠 때도 있다. 내 마음속 깊은 곳에서 올라오는 외로움과 무력감을 느낄 때면, 스스로에게 말한다. "너도 중요하다. 너를 돌보는 것도 돌봄의 일부다." 그를 돌보는 동안 나를 잃지 않기 위해 나 자신에게도 따뜻함과 인내를 베푼다. 삶은 예상치 못한 방향으로 흘러간다. 그 흐름 속에서 내가 할 수 있는 것은 내가 가진 마음을 다해 오늘을 살아가는 것이다. 남편을 돌보며 배운 것은 단 하나다. 사랑은 자신을 소모하는 것이 아니라 서로를 빛나게 하는 것이라는 사실이다.

5장

그럼에도 불구하고
오늘을 살아냅니다

아무렇지 않게,
괜찮은 척

사고 후 멈추어버린 2년이란 우리의 시간. 남편에 대한 많은 이야기들이 여기저기서 들려오곤 한다. 사고의 소식부터 관련 내용들이 뉴스에 나왔다. 대구시 공무원이라면 한 번쯤 접했을 사고의 정황과 남편의 상태. 남편을 돌보는 데만 온 에너지를 집중하기에도 부족했던 날들이었다. 사고 후 병원비 지원이나 그 외적인 간병 문제 등 해결해야 할 과제들이 많았지만 혼자 힘으론 해결할 수 없었다. 과제를 떠안고 발만 동동 구를 뿐. 하소연할 곳도 없었다. 법으로 정해진 테두리 안에서 받을 수 있는 지원은 받고 있었기 때문이다. 그 법이 현실적인 상황을 반영하지 못할 뿐이다.

그러던 중, 사건을 알고 계시던 기자님 한 분이 우리 이야기를 취재하고 싶다고 연락이 온 적이 있다. 얼떨결에 인터뷰에 응하게 되었다. 내가 인터뷰에 응했던 가장 큰 바람은 제도가 현실을 반영하지 못한다는 점을 알려주고 싶었다. 병원으로 기자님 한 분과 촬영 기사님 한 분이 오셨다. 기자님은 차분하게 질문하셨다. 사고의 정황부터 현재 남편의 상태까지 하나하나 질문들을 늘어놓으셨다.

입을 열면서 말을 이어가는데 가슴이 떨려 제대로 대답할 수 없었다. 외상 후 스트레스 장애를 앓는 사람처럼 사고가 나던 날 내 모습을 떠올리는 것은 쉽지 않은 일이다. 내 옆에는 온몸을 휠체어에 의지한 채 하루 종일 재활을 받고 지쳐 눈 감고 있는 남편의 힘겨운 모습이 보였다. 아차 하며 정신이 들었다. '내가 뭐라도 하지 않으면 남편에게 아무 도움이 될 수 없어.' 혼잣말을 내뱉어 보았다. 두려운 감정에 압도될 즈음 순간 아무렇지 않게 괜찮은 척 나는 상황의 제삼자가 되어 우리 이야기를 시작했다.

악몽이었으면 싶은 사고의 순간부터 꿈이길 바라는 남편을 돌보는 지금까지. 하나부터 세세하게 다 설명하고 알려드렸다. 모든 상황을 알 리가 없는 기자님은 구체적인 상황에 대해 질문을 하셨다. 질문을 듣고 나면 바로 이성과 감성을 넘나들며 대답해야 했다. 말하던 중 완급 조절에 실패한 순간이 왔다. 재해로 인해 받아야 하는 실질적 지원에 대해 목소리를 높이던 중이었다. 힘듦을 토로하다 말을 잇지 못했다. 멀쩡하게 출근한 남편이 하루아침에 사지마비 와상환자가 되어 버린 현실도 받아들이기 힘들다며 솔직한 내 감정을 쏟아냈다. 잡고 있던 이성의 끈을 놓아버린 순간이었다. 눈물은 쏟아졌다. 사실 그 후에 이야기들은 기억나지 않는다. 며칠 뒤 인터넷 기사로 기자님이 작성해 주신 이야기들을 보며 '아, 이런 질문을 듣고 이렇게 말했구나.' 하고 알게 되었다.

돌봄이 이어지는 시간 동안 내 감정, 내 슬픔을 돌볼 틈도 없었다. 남편부터 돌봐야 했기에. 타인의 질문들과 위로가 귀에 들어올 리가 없다. 어쩌면 외면하고 싶었을지도 모른다. 그들이 건네는 위로를 받는 순간 내 앞에 주어진 현실이 내 것이라고 받아들여야 한다는 무언의 압박 같은 것들이 느껴졌다. 지금을 외면하고 싶었다. 사람들의 목소리를 외면하면서도 나의 목소리도 외면했다. 쏟아져 버린 눈물이 그것을 설명해 준다. '너 더 이상 아무렇지 않게, 괜찮은 척하지 마.' 라고 말이다. 나에게 도움이 되지 않을 뿐만 아니라 남편이 바라는 모습도 아닐 거라는 생각이 들었다. 그 후 힘들고 외롭고 아플 때마다 남편의 가슴에 대고 말한다. 나 힘드니까 얼른 일어나라고 말이다. 눈물과 콧물을 쏟아내며 아픔과 슬픔을 한바탕 털어내고 나면 켜켜이 쌓여 있던 묵은 감정들에게서 조금은 가벼워진다. 오늘은 조금 더 가벼워졌다. 잠들지 못하는 신혼 방에서 핸드폰을 뒤적이다 내 마음을 꼭 닮은 글귀를 발견하게 된 것이다. 남편이 나에게 해주는 말 같아 괜히 입가에 미소가 지어지는 밤이다.

당신, 고생 많았어요.

참 고생 많았겠다. 밝은 척, 괜찮은 척하느라, 목구멍까지 차오르는 눈물을 집어삼키느라 많이도 힘들었겠다. 그러나 오늘만큼은 아무런 걱정과 생각은 저 멀리 둔 채 푹 쉬었으면 좋겠다. 지금껏 자신을 챙기기보단 지친 몸을 이끌고 무던히 달려왔을 테니까. 그러니 오늘은 온몸에 힘 빼고 편안하게 있어보자. 나른하게 햇볕도 쬐고, 좋아하는 음식도 먹고, 잠도 충분히 자면서 쉬어가자.

희망을 선택하고
절망과 헤어진다

우리 속담에 '매도 먼저 맞는 게 낫다.'라는 말이 있다. 여기서 '매'는 어차피 '맞아야 할' 영역의 일들이다. 우리의 삶에는 각자만의 시계에 따른 희로애락이 존재한다. 내 인생의 시계에서도 맞이한 즐겁고 기쁜 일들이 있었다. 하고 싶은 일을 직업으로 삼았고, 따뜻한 남편을 만나 늦은 결혼을 하게 되었다. 엄마의 투병 생활로 인해 옆에서 도와준 가족들의 존재함만으로도 감사를 느꼈다. 그들과 함께하는 시간 속에서 따뜻한 사랑의 마음을 느끼며 행복했다. 갑작스러운 사고와 이별의 여운은 현재 진행형이다. 마치 행복한 일은 전혀 없었던 사람처럼 살고 있는 요즘이다. 행복과 감사를 의도해서 꺼내지 않으면 그 감정들은 나와 거리가 멀어짐을 느낀다. 즐겁고 행복한 순간들을 느끼면 안 될 것 같은 나만의 착각 속에 빠져 있었던 것이다. 슬픔에 잠식되어 현재의 삶을 한 걸음도 나아가지 못하게 되었다.

사람들의 인생 시계 속에선 매를 맞지 않고 살 수 없다는 사실엔 동의한다. 나는 그 매를 빨리 맞은 것 또한 부정할 수 없다. 매는 정말 먼저 맞는 것이 나을까? 지금을 반추해 보면 이왕 맞은 매라면, 이를 어떻게 다듬어야 나에게 피가 되고 살이 될지 생각해 보는 것이 내가 할 수 있는 일의 전부였다. 이것은 나를 살리는 마음가짐으로 삼았다. 생각한 것을 바탕으로 버릴 것과 강화할 것을 추려야 한다. 이를 간과하면 제자리를 맴돌며 매 맞는 일을 반복할 가능성이 높아질지도 모른다. 억울한 마음이 지배하게 되는 것은 어리석은 일이다.

대부분의 사건·사고는 발생이라는 '사실'을 제외하면 나의 '해석'과 그에 따른 '의미부여'로 정리된다. '사실'은 내 의지 밖의 일이지만 나머지는 아니다. 스스로 통제할 수 있다는 말이다. 내가 존경하는 사부님에게 이런 고민을 털어놓은 적이 있다. 삶에서 일어나는 일들은 '받아들임'이 전부라고 하셨다. 삶에서 생긴 큰일은 내 영혼이 성장하기 위해 생기는 일이라고도 하셨다. 지금 내 영혼의 성장을 위한 여정에 있다.

또, 세계적으로 유명한 작가 존 밀턴의 『실락원』에서는 '절망은 우리에게 또 다른 기회를 제공한다. 불행하다고 느낄 때는 미처 보지 못하지만 사실은 그때 새로운 길이 열리는 것이다.'라고 말한다. "정말 비참한 일은 앞을 못 보게 된 것이 아니라, 앞 못 보는 환경을 이겨낼 수 없다고 생각하며 그 자리에 털썩 주저앉는 것입니다."라고 했다. 사건·사고는 누구에게나 일어날 수 있는 일인데 다만 그 상황을 내가 어떻게 받아들이고 어떤 선택을 하느냐가 중요하다는 말이다.

절망을 선택할 것인가? 희망을 선택할 것인가? 양자택일에서 인생의 결과는 완전히 달라지지 않을까? 매를 먼저 맞는 것이 중요하지 않다. 나에게 어떠한 상황이 오더라도 그 상황을 받아들임으로 인해서 희망을 선택할 수 있다면 한 층 더 업그레이드된 인생이 되지 않을까? 그렇게 해석한다면 나는 지금 내 인생을 업그레이드시킬 수 있는 소중한 기회가 될 것이다.

사고가 나던 날, 절망과 좌절을 말하며 미래를 향해 살아갈 의미들을 다 놓아버리고 싶었다. 남편을 돌보면서도 끝이 보이지 않는 지금을 불안해했다. 하지만 남들이 보는 내 인생의 팔자를 탓하며 굴복하긴 싫다. 표현하지 못하고 마음껏 움직이지는 못하지만 남편은 자신만의 속도대로 회복하는 모습을 보인다. 그런 남편을 보면서 나도 나만의 속도로 성장하기 위해 나가야겠다고 다짐하게 되었다.

이제는 내 몸과 마음을 살피며 남편과 함께 각자의 모습으로 성장을 위해 나아가고 싶다. 현재로 돌아와 삶의 초점을 두고 할 수 있는 것들을 함으로써 멋진 미래를 그려보는 것을 선택하기로 한다. 지금까지의 기도는 "남편의 건강을 회복하게 해주세요."였다. 이제는 욕심 가득한 바람들을 내려놓는다. 대신 책에서 읽은 내 마음을 울리는 문구를 담아볼까 한다. 데이비드 호킨스 박사의 『치유와 회복』의 한 구절이다. 오늘부터 나의 기도는 이렇게 하기로 정했다. '부디 저와 함께 해주소서. 이 경험에 순응하고 다루는 방법들을 가르쳐주소서.'라고 말이다.

그래,
완벽한 인생은 없으니까

평범하게 살고 싶었다. 사람들이 생각하는 평범함이라는 단어의 개념은 개인마다 다르겠지만 내가 생각하는 평범함은 이랬다. 삶의 큰 굴곡 없이 흔히 말하는 '남들 하는 건 다 하고 살아야지.' 하는 어른들의 말씀처럼. 비슷한 나이에 인생의 전환기를 겪으며 대학을 다니고 졸업하고 취업을 하고 결혼을 해서 아이를 낳아 잘 사는 해피엔딩의 드라마 같은 것이었다. 평범함이 완벽한 인생이라고 생각했다. 적어도 남편의 사고가 있기 전까지는 말이다. 삶은 계획대로 흘러가지 않았다.

초등학교를 이른 나이에 입학했고 학교생활을 따라가기란 쉽지 않았다. 피아노를 치고 싶어 예고에 가고 싶었지만 갈 수 없는 상황이었다. 진로에 대한 고민을 털어놓을 곳은 없었고 가고 싶은 대학보다 가야만 했던 곳을 선택하게 되었다. 막연히 꿈꾸었던 교사의 꿈은 이루었지만 그 꿈에 닿기까지의 여정은 쉽지 않았다. 당시 늦은 나이까지 공부하고 직장생활을 하느라 결혼에 대해 회의적이었다. 결혼을 하지 않겠다는 다짐이 희미해질 즈음 우연히 남편을 알게 되었다. 만남에서는 서로 결혼에 대한 생각이 크지 않았다. 시간이 지날수록 이 사람이라면 결혼해도 좋을 것 같았다. 잘 살아보고자 하는 의지와 희망으로 결혼이라는 인생의 전환기를 맞이하게 된다. 여기까지는 평범하다 생각하고 싶다. 남들이 하는 건 하고 살고 있었으니까.

지금의 삶은 내가 바랐던 평범함이 깨어진 상태이다. 그럼 완벽한 인생이 될 수 없는 것일까? 완벽이란 무엇일까? 사전에서 찾아본다. '결함이 없이 완전하다.' 흠이 없는 구슬이라는 뜻에서 나온 말이라고 한다. 내 삶에 비추어 보아도 무슨 말인지 정의 내릴 수가 없다. 평범하게 살지 못하면 완벽하지 않다는 말인가? 그것도 아니었다. 내가 그토록 알고 싶었던 완벽한 인생에 대해 고민해본다. '완벽'라는 단어에 대한 집착을 내려놓아야겠다는 생각을 했다. '평범함'과 '완벽함'의 기준 자체가 너무나도 주관적인 말이라는 것을 알았다. '완벽함'은 없다. 개인마다 생각하는 '평범함'과 '완벽함'은 남들에게 맞추어져 있었던 것이다.

'완벽'과 '평범함'이라는 나의 생각이나 틀을 깨고 나오니 전혀 다른 세상이 보였다. 그냥 '나'일 뿐인 것이다. 스스로를 인정하고 받아들이면 되는 것이다. 쉽지 않았지만 그것이 진실이었다. 남들에게 맞추어가던 모든 행위들과 노력들을 멈추었다. 좀 더 나에게로 돌아와 있는 그대로의 내 모습을 바라보고 싶다. 특수교사로서 아이들을 있는 그대로 인정하고 봐주는 것처럼 말이다. 지금 가장 필요한 나에게 해주는 것이다. 남편을 돌보듯 나를 돌본다. 나를 받아들이고 사랑해주는 첫걸음이 아닐까 싶다. 그동안은 책에서 말하는 '자기 사랑'의 단어가 내 몸과 마음에 흡수되기 힘들다고 여겨왔다. 하지만 이 작은 깨달음은 지금 주어진 내 삶의 관점을 바꾸어놓게 된다.

내 마음의 방향이 타인이나 외부로 향해 있는 관점을 내면으로 돌려본다. 일어난 일에 대해서 받아들인다. 남편이 사고가 난 상황인 지금을 바꿀 수는 없다. 할 수 있는 일은 오늘 하루 남편을 잘 돌보는 일이다. 그리기 위해서는 먼저 내가 건강해야 한다. 나의 몸과 마음을 건강하게 돌보는 것이다. 돌본다는 것 또한 거창한 것이 아니었다.

나의 일상을 유지하는 루틴들이 있다. 산책하기, 일기 쓰기, 운동하기, 주변 사람들과의 즐거운 시간 가지기 등 나열하고 보니 적지 않다. 한동안 하지 못했던 것들을 다시 하나씩 실행에 옮겨보기로 한다. 식사를 잘 챙기고 몸을 조금씩이라도 움직여주는 것. 내 마음에 말을 걸어 주는 것. 좋아하는 것들을 하나씩 해 보는 것. 잠시나마의 여유를 만들어 숨 고르기를 하는 것. 이 행위들에 좀 더 의식을 두고 에너지를 쏟아보기로 다짐한다. 이렇게 하는 것이 맞나? 틀린가? 하는 것보다는 나를 위한 어떤 것이라면 그것들을 스스로 지지해 주는 것이다. '완벽함'과 '평범함'을 향해 가는 삶이 아닌 주어진 것들에 감사하며 지금 여기에서 할 수 있는 것들에 최선을 다하고 싶다. 나는 오늘 내 인생의 가장 완벽한 날을 보내는 중이다.

나쁜 년 좀 하지 뭐!

어릴 적부터 나는 어른들이 하지 말라고 하는 것은 하지 않았다. 하면 안 된다고 하면 절대 하지 않는, 말을 잘 듣는 착한 아이였다. "아이고 착하다."라는 말이 사탕처럼 달콤하게 들렸다. 나에겐 어른들의 말을 거스르는 일이 더 어색하고 힘든 일이었다. 흔히 말하는 '착한 사람 콤플렉스'가 있다. 정신분석학에서는 어린 시절 주 양육자로부터 버림받을까봐 두려워하는 유기 공포가 심한 환경에서 살아남으려는 방어기제의 일환으로 본다. 엄마, 아빠가 심하게 다투던 날이었다. 엄마는 동생과 나를 데리고 집 밖으로 나왔는데 갈 곳이 없어 시장 골목 사이에 피해 있었다. 전쟁 같은 집 분위기가 가라앉기를 기다렸다. 엄마는 나와 동생에게 집으로 들어가라고 했고, 내일 아침에 집으로 오겠다고 했다.

본능적으로 느꼈던 것 같다. 지금 엄마가 우리를 두고 가버리면 오지 않을 것이라는 것을. 어린 나에게는 너무 큰 공포와 두려움이었다. 엄마는 우리를 두고 가지 않았지만 그때의 공포가 어린 시절을 지배했다. 엄마 말을 잘 들어야 나를 버리지 않을 것이라 생각했다. 불안한 집 분위기를 전환하고자 애써 엄마, 아빠의 기분을 맞춰주기도 했다. 어른이 되어서도 자신의 감정을 솔직히 표현하지 못했다. 타인에게 착한 사람으로 남기 위해 욕구나 소망을 억압하면서 지나치게 노력했다. 그럴수록 무언가 잘못되었다는 느낌을 떨칠 수가 없었다. 성인이 되어서야 사춘기가 왔고 20대 중반부터 진짜 내 모습을 찾아가기 시작했다. 감사하게도 그 여정에는 내 인생의 정신적 사부님들이 계셨다.

엄마가 처음 암 진단을 받았을 때에는 수술을 하지 않아도 될 만큼 초기 상태로 발견되었다. 5년 차에 접어들면서 완치 판정을 받으러 가던 날을 잊지 못한다. 그날은 완치 판정을 받고 엄마와 기분 좋게 서울 여행을 하기로 약속했었다. 하지만 희극은 비극이 되어 엄마는 재발 판정을 받고 집으로 돌아왔다. 온몸으로 전이가 되어 한순간에 4기 위암 환자가 되었고 엄마는 실의에 빠지셨다. 그런 엄마를 그냥 둘 수가 없어 다니던 직장을 그만두고 엄마와 투병 생활을 함께했다. 누군가 등 떠밀며 하라고 한 적 없지만 K장녀로서의 역할은 당연한 것이라고 생각했다.

엄마를 돌본 일에 대한 후회는 없다. 다만 엄마와 함께 투병 생활을 하는 과정에서 내 감정이나 욕구를 돌보지 못한 것에 아쉬움이 있다. 돌봄에서의 힘듦은 내 몫이었다. 여러 가지 이유를 핑계 삼아 감정 표현을 회피하고 참기만 했다. 누군가에게 한 번도 내색하지 않았기에 감정을 표현한다는 것은 내겐 너무나 어려운 일이었다. 더군다나 표현의 대상은 아픈 엄마였기에 더욱더 참고 억누르기만 하였다. 결국 그것이 화살이 되어 돌아와 엄마와의 관계를 더 얽혀버린 적도 있었다.

엄마와의 관계 속에서 맡은 K장녀의 역할을 벗어나 내 감정과 욕구들에 귀 기울이기 시작했다. 그 사이 나만의 방식으로 감정을 표현하게 되면서 새로운 관계들을 잘 맺을 수 있었다. 그렇게 남편을 만나 아내와 며느리라는 또 다른 역할을 맡게 되었다. 남편은 나의 감정이나 욕구에 귀를 잘 기울여주었다. 아내라는 역할에 무게를 주지도 않았으며 며느리의 역할을 강요하지도 않았다. 하지만 사고 후 남편의 자리가 비게 되면서 역할에 대해 혼란스러움이 생겼다. 남편을 돌보는 일 또한 내가 선택한 일이다. 엄마를 돌볼 때와 마찬가지로 돌봄의 과정에서의 모든 선택과 힘듦을 감내해야 한다. 반복하고 싶지 않았다. 힘들면 힘들다고 말하고 싶었다. 그 대상이 누가 됐던 돌봄의 시간에서 만나는 모든 내 감정과 욕구를 존중해주어야 한다. '나'라는 존재가 있어야 상대도 존재하는 것이다. 남편을 돌보는 아내이자 며느리이지만 그건 역할에 불과하다. 그 전에 나도 사람이기에 힘들 땐 힘들다고, 어려울 땐 하기 싫다고 말할 수 있다는 것을 존중해주어야 한다. 쉽지 않은 생각의 전환이었다. 돌봄이 힘들다고 누군가에게 말하면 '아내로서 당연히 해야 하는 거 아냐?', '며느리가 해야지.' 하는 사람들의 목소리에 흔들리지 않는 내공이 필요했다.

병원에서 내내 남편을 돌보다가 몸이 좋지 않아 한동안 쉰 적이 있었다. 오랜만에 돌아와 보니 어떤 보호자가 나에게 농담처럼 말을 건넨다.

"새댁 한동안 안 보여서 신랑 버리고 도망갔다고 병원 소문 다 났어."라고 한다.

"그래요? 도망가려고 했는데 멀리 못 갔어요. 제가 달리기를 좀 못 하거든요." 하며 재치 있게 말하며 넘겨버렸다.

"아이고 새댁 착하다고 소문 다 났는데 도망가면 어쩌누." 라는 말에 뼈 때리는 한 마디를 건넸다.

"나쁜 년 좀 하죠. 뭐, 그게 어때서요!"

오늘은 나쁜 년이 되어서 남편 옆을 지키고 있다.

지친 나를 일으킬 시간

남편을 돌보는 일을 하면서 나를 우선순위에 둔 적은 없다. 엄마와 함께하던 시간에도 그랬다. 그때마다 스스로를 돌볼 수 없는 상황이라 핑계를 댔고 나의 에너지는 고갈됨을 느꼈다. 하지만 그 누구에게도 하소연할 수도 없고 나를 안아줄 수도 없는 상황이었다. 병원은 2년여 동안 먹고 자는 문제가 기본적으로 채워질 수 없는 환경이다. 시작은 환자를 살려야겠다는 마음 하나였다. 내 생명의 불씨가 꺼져가는 줄도 몰랐다. '나'라는 존재가 희미해지고 있다는 것을 알게 되었다. 그런 마음으로 쉬는 시간이 주어져도 마음이 제대로 쉬지 못하는 일들의 연속이었다. 그렇게 나의 모습을 점점 잃어감이 느껴졌다. 기본 체력부터 마음의 탄력까지 그동안 쌓아둔 내면의 힘들이 갈 곳을 잃어가던 날이었다. 어디서부터 어떻게 나를 일으켜야 할지 모르는 마음들이 스스로를 힘들게 하고 있다.

잘 보지 않던 유튜브를 넘기다 김창옥 교수님의 짧은 영상이 내 시선을 머무르게 했다.

뭘 해야 할지 어떻게 살아야 할지 모르겠다면? 살고 싶지 않은 마음과 최소한의 힘이 있다면 운동을 해야 한다고 하셨다. 억지로 운동을 하거나 그리고 정기적인 운동을 하면서 내가 좋아하는 음악과 이야기를 들으라고 하셨다. 체력이 빠지는 순간 뇌는 모든 사고를 훨씬 부정적으로 생각한다는 내용이다.

결혼 후 남편과 함께 달리기를 했다. 남편은 달리기 동호회에 소속되어 있었고, 마라톤 대회에도 자주 나갈 만큼 달리기에 진심이다. 기분이 좋아도 달렸고, 몸이 좋지 않아도 달리면서 몸과 마음을 회복하는 사람이다. 반면 나는 달리기를 세상에서 제일 싫어했다. 힘든 운동은 나와 맞지 않다고 단정 지어버리고 하지 않았다. 남편과 연애 시절 달리기를 같이 하자는 제안에 나는 하기 싫은 마음이 앞섰다. 그래서 남편이 들어주지 않을 것 같은 제안을 했다.

"달리기를 할 때마다 같이 달려주면 한번 생각해 볼게."라
고 가볍게 말을 꺼냈다. 그 말에 남편은 진짜 내가 달리기를
하러 갈 때마다 함께 달려 주었다. 본인이 아무리 피곤해도
나를 위해서 시간을 내어 주었고, 느리지만 나의 속도에 맞
추어 달려주었다. 페이스메이커 역할을 해 준 것이다. 그렇
게 달리기를 하는 남편을 보며 느낀 점을 이야기했다.

"여보는 자존감이 높은 사람 같아."

실제로 남편은 자신만의 소신이 확실하고 마음 근육이 단
단한 사람이었다. 어떠한 상황이 생겨도 본인의 능력을 믿고
내면을 다듬는 사람이었다. 상대적으로 나는 그 힘이 약하다
생각했다.

"원래 성격이 그랬어?"라고 내가 물었다.

그러자 남편은 "나도 20대에는 내가 너무 하찮아 보이고
소심했어. 찌질함의 극치였지. 그런데 내가 나를 챙기지 않
으면 아무도 나를 존중해주지 않더라고. 그래서 나를 돌아보
고 챙기게 되면서 지금도 극복하며 만들어가는 중이야."라고

했다.

그러면서 몸을 쓰는 운동도 많은 도움이 되었다고 했다. 그래서 나에게 달리기를 권했던 것이다. 달리기를 싫어하는 내가 좋아할 수 있도록 예쁜 러닝복도 사주고 편한 런닝화를 사주며 일단 밖으로 나갈 수 있게 도와주었다. 함께 뛰는 러닝의 시간이 잦아질수록 재미도 느끼고 체력이 올라감을 느꼈다.

사고 후 예전의 느낌을 찾아보려 애썼지만 함께한 공원으로 나가는 일도 쉬운 일이 아니었다. 남편과 함께한 공원에서의 시간을 마주하기 싫어 회피했다. 하지만 용기를 내어 걷기부터 시작하기로 했다. 밖으로 나오니 생명들의 움직임이 느껴졌다. 몸을 움직이니 머릿속 가득했던 생각들이 하나씩 제자리를 찾는 것 같았다. 남편은 옆에 없지만 그가 알려준 삶의 지혜를 새기며 함께하는 마음으로 한 걸음씩 움직여 보았다. 돌봄을 하지 않는 날이면 매일 저녁 공원에 나와서 걷기 시작하자 의욕이 생기기 시작했다. 달리기를 해야겠다는 마음과 나를 일으켜야겠다는 다짐도 하게 된다. 집으로 돌아와 공원을 걷고 들어와서 남편의 책상 한편 장식물의 글귀가 눈에 들어왔다.

"나는 괜찮은 사람."

상처에 대한 두려움을 극복하고 사랑을 유지하려면 나와 타인을 신뢰하고 배려할 수 있는 능력이 꼭 필요하다. 신뢰란 내 마음 안에 어떤 위험한 것이 있든 나는 그것을 통제할 수 있으며, 비록 그런 요소들이 있다 해도 기본적으로 "나는 괜찮은 사람"이라고 생각하는 것이다.

공무원을 합격하고 연수를 가서 본인이 스스로에게 쓴 글이라고 했다. "괜찮은 사람"라는 말이 너무 따뜻하게 읽혀서 내가 잘 보이는 곳에 두라고 말하던 기억이 있다. 아무것도 아닌 존재처럼 느껴지던 나에게 남편은 나에게 늘 말했었다.

"너라면 뭐든 다 괜찮아." 오늘은 남편의 목소리가 들리는 것 같아 울컥하는 마음을 누르고 스스로에게 다짐한다. 괜찮아, 뭐든 다 괜찮아. 지친 나를 다시 일으켜보자. 그게 무엇이든.

지금 여기서 무조건
행복할 것

'잘 살아야지, 그래 살아보자!'

병원 밖에서도 마음 편하게 잠 못 이루던 날들이 계속된다. 2년간 숙면을 취하지 못한 병원 생활에서 얻은 습관이기도 하다. 이제는 '집에서 자는 게 어디야.' 하며 스스로를 위로한다. 그럼에도 잠을 쉽게 이루지도 못하고 자고 일어나더라도 피곤함과 몸의 불편함 경계에 서서 허우적댄다. 어김없이 생각과 감정은 주인을 잃은 채 부정과 우울을 향해 나를 이끌고 가려던 찰나, 불현듯 어젯밤 꿈이 떠올랐다. 꿈에 엄마가 나왔다. 특별히 기억나는 장면은 없지만 건강했던 모습으로 내 손을 잡아주었다. 엄마는 아무 말을 하지 않았지만 그 따스함과 온기에 울컥 눈물이 났다.

엄마를 보내고 오던 날 나는 다짐했다. 남편은 병상에 누워 있고 엄마와는 영원한 작별을 했음에도 잘 살아야겠다고 말이다. 짧은 생을 보내고 간 엄마였지만 누구보다 따뜻했다. 가족뿐만 아니라 타인에게 넘치는 사랑을 베푸셨다. 누군가는 이렇게 빨리 가시려고 그동안 나누고 베풀고 사셨나 보다 하실 만큼 말이다. 엄마만큼은 할 자신이 없다. 하지만 엄마가 나에게 준 사랑은 인생의 무기가 되었다. 힘든 상황임에도 주어진 지금의 삶을 잘 살아야겠다는 다짐은 다시 일어설 수 있게 만들어준다.

다짐이 흐려지기 전 나를 행복하게 해주는 일들을 찾아보기로 한다.

『지금 여기서 행복할 것』의 저자 기시미 이치로는 불행해 보일지라도 진정한 행복을 추구해야 한다고 말한다. 그러기 위해서는 자신이라는 도구를 사랑해야 하며 자신을 싫어하면 그것을 사용할 마음이 생기지 않는다고 한다. 내 안에 있는 가시가 나를 살리고 있다는 사실부터 기억해야 한다고 했다. 남편의 사고부터 엄마와의 이별까지 모든 일들이 다 내 탓인 것 같다며 스스로를 놓아버린 순간이 있었다. 가시는 나를 찌르기 위해서만 존재한다고 생각했다. 살릴 수도 있다는 사실은 받아들일 수가 없었다. 세상에서 가장 슬픈 일은 내가 나를 버리는 일이라는 것을 알게 되었다. 그것만큼은 허용할 수가 없었다.

세상에 모든 일은 양면성을 가지고 있다고 했던가, 기쁨은 슬픔이 존재하기에 알 수 있는 것이고 슬픔 또한 기쁨이 존재하기에 느낄 수 있는 감정이기도 하다. 삶을 어떻게 비추어 보느냐에 달려 있다. 사람들은 내 삶이 불행하고 슬프기만 할 것이라고 본다. 하지만 전쟁 속에서도 꽃은 피어나듯이 지금 여기서 느끼는 희로애락은 똑같다. 감정을 지닌 사람이기 때문이다. 다만 내가 어떠한 감정을 선택하고 받아들이느냐에 달려 있다. 책임지고 싶었다.

지금 일어나고 있는 일들에 대한 모든 것들을 오롯이, 내 안의 가시를 살리기 위해서 말이다. 내 삶의 사부님은 나에게 일어난 모든 일은 내 영혼이 성장하기 위한 일이라는 말을 다시 상기시켜 본다. 처음에는 인정하고 싶지 않았다. '왜 하필 나한테만? 너무 가혹한 거 아닌가?' 책임지고 싶지 않았고 누군가를 탓하고 싶은 마음으로 가득했다. 하지만 무거운 감정들이 쓰나미처럼 밀려올 때마다 내 안으로 돌아왔다. 나에게 주어진 모든 것들을 받아들이겠다고 내 영혼에게 말해준다.

잘 사는 것은 어떠한 것을 말하는 것일까? 내 마음을 들여다볼 때면 스스로에게 던지는 질문이기도 하다. 사람마다 내릴 수 있는 정의는 다를 것이다. 타인이 생각하는 '잘 사는 것'의 기준에 맞추어 내 삶의 리듬을 놓치고 싶지 않다. 지금의 상황을 정면으로 바라보고 싶다. 지속되는 불안과 두려움은 내 것이 아니라고 부정하고 싶지 않다. 그 불안과 두려움 또한 나를 살아갈 수 있게 해주는 소중한 감정일 테니까…. 현재를 잘 받아들이고 삶에 또 다른 일들이 생긴다고 할지라도 내 영혼의 성장을 위함임을 잊지 않을 것이다. 나는 지금 나를 사랑하며 무조건적인 행복을 선택하기 위한 여정은 계속하려 한다.

오롯이 내 인생

2년이라는 시간 동안 병원에서 남편을 돌보는 데 시간을 보냈다. 지금은 병원 밖에서 내 일도 하고 남편을 도울 수 있는 일들을 하고 있다. 돌봄의 시간 동안 힘들고 도망하고 싶은 마음이 없었다면 인간미가 없는 AI 같은 사람으로 보였을까? 그런 마음조차 느낄 여유가 없었다는 것이 가장 큰 사실이다. 몸을 많이 움직여야 하다 보니 생각이 채울 틈이 없다. 움직임을 멈추는 순간 그때부터 밀려오는 무거운 감정들을 덜어내기란 쉽지 않았다. 그럴 때마다 병원 밖에 나가면 하고 싶은 것들을 기록해두며 스스로를 달래곤 했다. 나를 위한 시간들을 채우며 진짜 '나'를 만나보고 싶은 욕구가 생겼다. 남편의 사고 후부터 지금까지 한 달에 한 번 정신건강의학과 진료를 보고 있다. 의사 선생님은 나의 편에 서서 객관

적이면서도 따뜻하게 내 마음을 챙겨주시곤 한다. 시기마다 느끼는 나의 감정들을 읽고 언젠가 한 번 나에게 한 질문이 떠올랐다.

"뭐 하는 걸 가장 좋아하세요?" 선생님이 나에게 물으셨다.
"저요? 여행 가는 거 좋아해요. 예전에 혼자 많이 다녔거든요."라고 대답했다.

밀라논나 이야기 책 『오롯이 내 인생이잖아요』에서 보면 번 아웃이 오면 절대로 서두르지 말고 자신이 가장 좋아하는 상태, 가장 잘할 수 있는 일을 찾을 때까지 자신을 다독이며 기다리며 자기 시간을 가지라고 말한다. 자기 내면의 소리에 귀 기울여야 한다. 샘물도 다 퍼 올리면 다시 차는 데까지 시간이 걸리지 않나?

위로가 되는 말이기에 메모해 두었었다. 나는 내면의 목소리를 따라 혼자만의 여행을 가기로 마음먹었다. 20대부터 혼자 여행을 많이 다녔지만, 여행의 공백이 생기니 다시 용기를 내기란 쉽지 않았다. '갈까 말까'를 수 없이 고민했다. 남편이 누워 있는데 혼자 여행을 간다는 것이 말이 되나? 의 죄책감부터 여행 간다고 현실이 달라지겠어? 라는 무력감까지, 마음의 속삭임들이 몸과 마음을 묶고 있었다. 병원 생활이 길어질수록 나의 모습은 잃어갔고 생명의 에너지가 꺼져감이 느껴졌다. 생명의 불씨가 꺼지지 않기 위해서라도 무언가를 해야만 하겠다는 강력한 끌림이 있었다. 어디에 어떻게 가느냐가 중요한 것이 아닌 여행을 실제로 행동으로 옮길 수 있을까 하는 용기가 먼저였다.

핸드폰을 열고 항공권을 검색하다가 즉흥적으로 할인이라는 단어에 나도 모르게 터치를 하였다. 결제까지 10분도 걸리지 않았다. 그렇게 여행할 결심은 하게 된 것이다. 하지만 캐리어 하나를 끌고 집 밖을 나서는 순간부터 쉽지 않음이 느껴졌다. 바로 마음먹기였다. 남편이랑 함께했던 여행의 추억들이 발걸음을 멈칫하게 만들었다. '함께 여행 가기로 했었는데….'로 시작해서 신혼여행에서의 울고 웃던 장면들이 떠오른다. 순간 나의 모든 행동을 정지화면을 누른 것 같았다. 도착한 여행지에서의 첫날은 엉켜버린 감정들에 아무것도 하지 못했다. 다음 날 아침 일어나서 몸이 두들겨 맞은 것처

럼 아팠다. 일어나서 조식을 먹고 기운을 차려야겠다고 마음
먹었다.

문득, 20대 배낭 여행지에서의 일이 생각났다. 영국까지
장시간 비행을 하고 도착하자마자 몸살이 시작된 것이다. 한
인 민박에 머물렀었는데 일어나지 못한 나에게 민박집 이모
가 든든한 한식 밥상을 차려주셨다. 전날 밤 나와 짧게 대화
를 나누었는데 여자 혼자 여행 온 나를 보며 씩씩하고 용기
있다고 응원해 주셨다. 그러면서 "이 밥 먹고 힘내서 어제처
럼 씩씩하고 당당하게 여행해야지. 인생은 원래 혼자야. 아
파도 이겨내겠다고 마음먹고 일어나요."라고 하셨다. 그때는
아픔이 단순히 몸이 아프다고만 생각했지 나보다 긴 삶을 살
아온 그녀의 인생의 노하우라고 생각하지 못했다.

이제는 그녀의 나이만큼 향해가는 나에게 필요한 조언과
도 같다. '그래, 마음을 먹자. 씩씩하고 당당하게! 이 여행도
두 번 다시 오지 않을 테니까.' 혼자이고, 계획을 세우지 않았
지만 실행에 옮긴 나를 칭찬한다. 남편은 내 옆에 없지만 마
음속에 함께 있다는 사실은 확인할 수 있다. 혼자 여행의 장

점은 무엇이든 내 마음대로 할 수 있다는 자유의지도 장착했음을 상기시켰다. 몸은 힘들었지만 갑자기 설렘의 세포들이 하나씩 깨어났다. 백팩 하나 메고 핸드폰을 넣고 무작정 걷기 시작했다. 발길과 눈길이 닿는 곳으로 구석구석 걸어 다녔다.

마음 하나만 바꾸어 먹었을 뿐인데 세상이 달라보였다. 내가 걸을 수 있음에 감사했고, 그동안 몸과 마음에 갇혀 있던 에너지들이 새롭게 전환되는 느낌이었다. 수많은 인파 속에서 혼자 밥을 먹었다. 아무렇지 않게 잘 먹고 잘 잤다. 카페에서의 여유도 놓치기 싫어 분위기 좋은 곳에서 커피를 마시며 힘든 시간을 잘 지나온 스스로에게 응원을 보내주기도 했다. 잠들어 있던 씩씩하고 당당했던 20대의 나를 만나는 기분! 낯설기도 했지만 '나다운 나'를 만나는 시간이었다. 5박 6일의 여행은 마무리되었지만, 지금도 나다운 나로 돌아가는 여정은 멈추지 않을 것이다.

기약 없는 여정에도
결국 끝은 있어

세상은 나의 중심으로 돌아간다. 우리가 살아가는 세상에서는 내가 가장 힘들고 아프다. 나 또한 그랬다. 나만의 세상에 빠져 있을 때에는 누군가 나를 위로하는 따뜻한 말도 귓가에 맴돌기만 할 뿐이다. 남편을 돌보는 시간 동안 나의 시간은 멈추어 있다고 생각했고 부정했다. 세상에서 가장 슬픈 비극의 주인공이 나라고 생각한다. 하지만 몸과 마음을 조금씩 움직이면서 근육들이 생기니 나 외에 다른 세상이 보이기 시작했다.

짧은 시간의 결혼 생활이 지금도 이어져 오고 있는 우리의 시간에 남편은 배우자이자, 가장 친한 친구이고 고민 상담가였다. 뜻하지 않게 사고는 일어났지만 남편은 죽음의 문턱을

무사히 넘기고 지금 내 옆에 있다. 살아있기에 그 존재가 있다는 것만으로도 위로이자 감사라는 것을 받아들이고 살아간다. 나 또한 이 사고로 인해 삶에서 값어치를 매길 수 없는 배움을 만나기도 했다. 많은 날들을 세상을 원망하고 울기도 했다. 그럼에도 살아갈 수 있는 용기를 준 인연들이 상황에서마다 나타나주었다. 나와 남편을 도와준 분들에게 감사해야 할 일들이 많다.

사고가 나던 순간부터 생사를 오가는 위기 속에서 남편을 살려주었던 의료진들이 있다. 의식이 없던 남편이 살아 있다 받아들일 수 없다 하던 나에게 호통을 치던 응급의학과 의사 선생님. 그는 끝까지 남편을 포기하지 않았다. 병원을 옮긴 후 남편의 의식을 찾기 위해 재활 치료에 힘써주신 치료사 선생님들은 더 많다. 대학을 갓 졸업한 사회초년생인 그들의 순수함과 성실함이 남편의 회복을 만들었다. 생각해 보면 남편은 의료진들의 복이 참 많다. 중환자실에서 남편을 세심하게 보살피며 상태를 이야기해주셨던 남자 간호사부터 환자보다 적은 체구로 재활 치료를 열심히 해주시는 치료사 선생님들까지. 그들의 노고에 정말 감사할 일이다. 나도 내 직업을 가지고 교육 현장에서 일을 하지만 보통의 사명과 마음가짐이 아니면 쉽게 할 수 없는 일임을 누구보다 잘 알고 있다.

 남편의 사고 이야기가 신문 기사에 실린 적이 있다. 사고 소식을 접하고 우리의 이야기를 듣고 도움을 주고 싶다던 기자님의 선한 마음 덕분에 뜻하지 않게 큰 선물도 받았다. 대구시 공무원들과 물 관련 기업들에서 한마음으로 기부금을 모아 주시기도 했다. 예상하지 못한 기부 금액을 선물 받았다. 감사한 마음을 문자로나마 전달했는데 모르는 분들에게 진심 어린 응원을 많이 받았다. 먹먹한 마음들로 한동안 여운이 오래가기도 했다. 결혼 후 얼마 지나지 않아 남편이 나에게 했던 말이 기억난다. 앞으로 살아가면서 누군가를 도우며 살아가고 싶다는 말. 우리가 도움을 주기도 전에 그들로부터 많은 것들을 받기부터 하고 있다. 남편이 건강을 회복한다면 많은 분들에게 우리가 받은 것들을 하나씩 세상에 돌려주고 싶은 마음이다. 그러기 위해서라도 나는 내 자리에서 할 수 있는 것들을 하고, 남편 또한 의지를 내고 건강을 회복해서 일상으로 돌아갈 기적을 매일 그려본다.

지금 여기서 가장 중요한 것은 진짜 '나'의 모습을 찾아가는 일이다. 삶이 나에게 주려는 것이 무엇인지에 대한 다소 철학적인 고찰을 만난 것이다. 남편을 위한 무조건적인 희생을 하는 것이 아닌 나를 위해 남편을 돌보는 삶으로 이어지고 싶다. 내가 선택하는 모든 상황과 순간들의 중심에는 '나 자신'이 있어야 한다는 마음이 선 것이다. 지금까지의 관점과는 완전 다르게 세상을 보는 것이어야 한다. 쉽지 않겠지만 지금 나에게 주어진 상황을 올바르게 보고 잘 다듬어 운용해 보고 싶다.

　내 삶은 나를 어디로 데려다 놓을지 아무도 모른다. 분명한 것은 남편의 사고로 인해 내 삶이 변하고 있다는 것이다. 이는 나에게 필요한 것들을 향해 나아가는 과정임을 믿어 의심치 않는다. 남편을 돌보는 일은 여전히 계속되고 있다. 현재는 기약 없는 여정이고 언제가 될지 모르지만 끝이 존재할 거라는 사실도 안다. 끝은 또 다른 시작이라고 했던가? 세상을 다르게 보는 관점을 가지더라도 불안과 두려움은 여전히 내 곁에 존재한다. 동전에는 양면이 존재하는 것처럼 상황이 주는 모든 면들을 좀 더 큰 시선으로 바라보려 한다. 불안과 두려움을 만나주고 사랑을 선택하는 것이다. 삶은 모든 것이 온전하다. 그 안에서 우리가 선택하는 것들에 행복과 의미에 씨를 뿌리며 싹이 트길 바라본다. 그럼에도 불구하고 오늘을 살아가는 힘을 나에게 불어넣는다.

책을 집필하는 과정은 내게 또 다른 중요한 여정이었다. 글을 쓰며 오래전부터 굳어 있던 마음을 마주한다. 내가 느꼈던 고통과 치유의 과정을 구체적으로 들여다보았다. 다양한 감정들을 마주할 때마다 혼자 울고 웃으며 감정 정화가 일어나며 스스로를 위로하며 안아주기도 했다. 크게 느껴지지 않던 감정들이 쓰나미처럼 밀려와 키보드를 누를 힘을 잃어버린 순간도 많았다. 생각해 보면 모든 것들이 나에게 필요한 순간과 시간들이었음을.

돌봄의 과정에서 가장 중요한 것은 다른 사람을 위한 사랑과 배려가 아니라, 나 자신을 위한 사랑이다. 내 몸과 마음을 잘 살피고, 내게 필요한 것을 먼저 채우는 것이 다른 사람을 돌보는 데에도 더 큰 힘이 된다는 것을 이제는 안다. 이 책을 읽는 모든 사람에게 전하고 싶은 이야기는 사랑하는 사람을 돌보는 것도 중요하지만, 자신을 먼저 돌보아야 한다는 것. 나에게 해주고 싶은 강한 메시지이기도 하다. 나를 외면한다면 어느 순간 감당할 수 없는 지경에 이르게 된다. 그러니 부디 언제 어떤 상황에 놓이더라도 자신의 몸과 마음을 소홀히 하지 말고, 자주 돌아보기를 바란다.

나의 이야기는 단순히 나만 겪는 경험이 아닐 것이다. 삶에서 누구에게나 일어날 수 있는 일이자, 공감을 일으킬 수 있는 이야기임을 알게 되었다. 그 과정에서 나는 한층 더 성장할 수 있었다. 나의 경험을 글로 풀어내면서, 또 다른 발견을 만났다. 바로, 내가 얼마나 많은 사랑과 지원을 받았는지 말이다. 이제는 그 사랑을 나누고 싶다는 마음이 더 커졌다. 돌봄은 결코 혼자 할 수 있는 일이 아니다. 삶의 여정에서 혼자서 할 수 있는 일이 많지 않음을 느꼈고, 그 덕에 가족과 친구들, 주변 사람들의 소중함을 더욱 실감할 수 있었다. 남편을 돌보는 일이 쉽지 않았지만 나를 지지해준 가족들과 친구들 덕분에 나는 조금씩 다시 일어설 용기를 가질 수 있었다. 그들의 작은 배려와 말 한마디에 얼어붙은 마음을 열고 내일을 맞이할 결심을 하게 되었다. 또한, 내 곁에 존재하는 것만으로도 큰 힘을 얻을 수 있었다. 사고 후 지금까지 자식 걱정에 밤잠을 설치시고 무심한 듯 세심하게 챙겨주시는 아빠, 하늘에서 나를 돌봐주고 있을 나의 엄마, 20년 전 인연으로 힘들고 기쁜 순간마다 나의 정신적 지지자로 계셔주시는 사부님들, 이 자리를 빌려 진심으로 감사의 말을 전하고 싶다. 부족한 글솜씨지만 책을 쓸 수 있게 용기를 주신 많은 분들에게 또 다른 감사를 전달한다.

내가 겪었던 치유의 경험이 다른 사람들에게도 작은 위로와 희망이 되기를. 삶에서 우리가 겪는 고통과 상처는 결코 우리의 끝이 아니며, 그 과정 속에서 더욱 단단해지고 성장할 수 있다. 힘들고 지친 순간에도, 한 걸음씩 나아가다 보면 어느새 더 나은 나를 만날 수 있을 것이다. 나 또한 이 책을 쓰며 그 시간을 돌아보았고, 비슷한 경험을 한 사람들과 함께 공감하며 서로에게 따스함을 전달하고 싶다.

마지막으로, 이 책을 읽고 있는 당신에게 전하고 싶은 말은 "혼자가 아니다."라는 것이다. 우리가 겪는 아픔과 고통 속에서 서로를 이해하고, 서로에게 힘이 되어 줄 수 있다는 사실을 잊지 말았으면 한다. 당신도, 나도, 서로의 여정을 응원하며 함께 치유해 나가길.